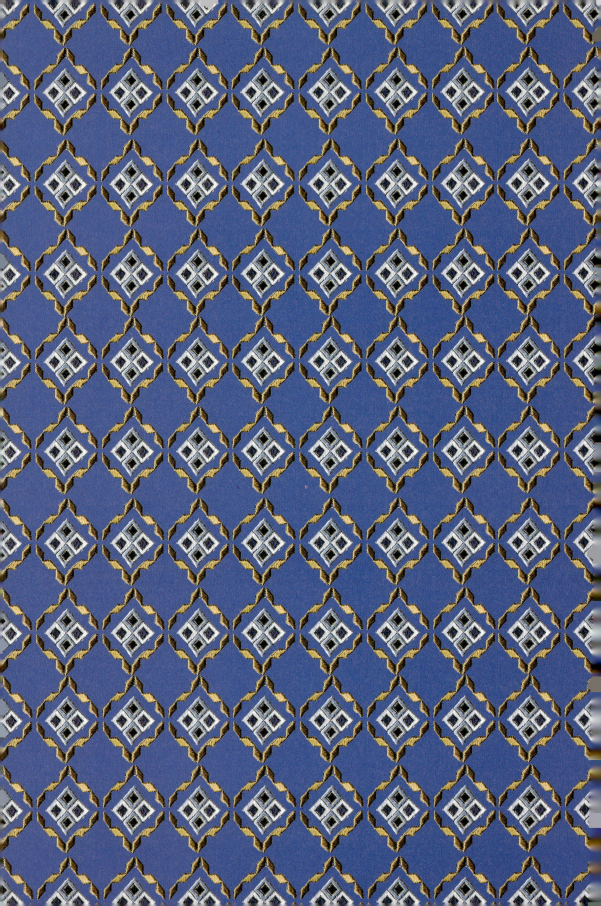

原老末 著 ＋ 摄影

罩袍之刺

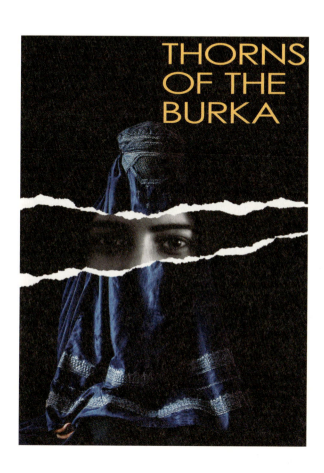

THORNS OF THE BURKA

生活·讀書·新知 三联书店

Copyright © 2020 by SDX Joint Publishing Company.
All Rights Reserved.

本作品版权由生活·读书·新知三联书店所有。
未经许可，不得翻印。

图书在版编目（CIP）数据

罩袍之刺/原老未著．—北京：生活·读书·新知三联书店，2020.6
ISBN 978-7-108-06538-4

Ⅰ.①罩…　Ⅱ.①原…　Ⅲ.①纪实文学-中国-当代　Ⅳ.①I25

中国版本图书馆 CIP 数据核字（2019）第 057743 号

责任编辑　张　龙
装帧设计　蔡立国
责任印制　徐　方

出版发行　生活·讀書·新知三联书店
　　　　　（北京市东城区美术馆东街 22 号 100010）

网　　址　www.sdxjpc.com
经　　销　新华书店
印　　刷　北京图文天地制版印刷有限公司
版　　次　2020 年 6 月北京第 1 版
　　　　　2020 年 6 月北京第 1 次印刷
开　　本　720 毫米 × 1020 毫米　1/16　印张 22.5
字　　数　300 千字　图 225 幅
印　　数　00,001-10,000 册
定　　价　99.00 元

（印装查询：01064002715；邮购查询：01084010542）

THORNS
OF
THE BURKA

目录

04 生于赫拉特：武术老师卡瓦利

12 英寸彩色电视里的武打世界　　191
镇上第一个"吃螃蟹"的女孩　　206
你来做武术老师怎么样？　　213
和喀布尔同步的女子健身班　　225

02 生于坎大哈：商人瑞吉娜·哈米迪

艰难的决定　　67
逃离　　78
归来　　82
数百人的祈祷　　103
我的父亲古拉姆·哈米迪　　106
我的女儿萨拉　　113

06 生于伊朗：大学生热扎伊

初识　　295
很多"现在"都是"过去"造成的　　302
生日礼物　　314
游行　　320
吓瘫的兔子　　337

后记　　350
致谢　　355

01 生于巴达赫尚：开馕铺的古尔赞婶婶

小有名气的馕　　　　　　　　　　　　3
像花一样美好的生活　　　　　　　　26
山区里的女性广播电台　　　　　　　46

03 生于喀布尔：记者迪巴

不婚主义者　　　　　　　　　　　　125
一个洋葱扔过去　　　　　　　　　　137
裁缝、布料和新裙子　　　　　　　　148
一个人的野餐　　　　　　　　　　　158
三年前的初识　　　　　　　　　　　168
喀布尔女子监狱　　　　　　　　　　179
二手名牌扫货记　　　　　　　　　　183

05 生于加兹尼：残疾画家鲁巴巴

成名　　　　　　　　　　247
6：30到22：00　　　　　259
"I like it"（我喜欢它）　271
"不存在"的老师　　　　　280

01 / 生于巴达赫尚：

开馕铺的古尔赞婶婶

小有名气的馕

在给下一个面饼打好眼后,炉内的馕表面已变得金黄。当迷人的面香顺着炉子飘散出来时,古尔赞婶婶戴上了一只厚度足以隔绝高温的手套,把馕从内壁上取下来,潇洒地扔向炕的另一侧铺好的床单上面。

从富裕商贾到平民百姓,由古稀老者至懵懂孩童,在阿富汗人的一日三餐中,热腾腾的烤馕永远是餐布上当仁不让的主角。对于阿富汗人,馕不只是用来果腹的食物,夹起配菜的"餐具",更是一种文化意义上的传承,就如当地谚语所说的那样——"热馕与冰水,都是安拉慷慨的馈赠"。

在巴达赫尚省的首府费扎巴德市,每个街区都有一家馕铺,铺中有座用黏土垒成的坛多里(Tandoor),炉口子又大又圆,内部通常有六七十厘米深,被埋在火炕中,只有炉口露在炕外。火炕内部塞着柴火,从早晨开店烧到晚上关张,一张经过450℃高温烤出的馕,售价10阿富汗尼[1],从2005年开始价钱一直没有变过。

古尔赞婶婶烤的馕在老城小有名气。在当今阿富汗的局势下,开商铺的女人依然是极少数,大街上几乎所有馕铺都是由男人经营。做饭在这里,却从来都不是男人擅长的活计,女人总是笑话他们的手笨,他们哪懂怎么做地道的塔吉克[2]家常菜,也就勉强可以烤烤肉串和馕了。

经常吃馕的人才能分出哪家的馕更香。古尔赞婶婶的馕价格比其他馕铺贵一倍,个头也大出一倍有余,她用传统的面酵子[3]发面,这

---

1 阿富汗尼,阿富汗法定货币,100阿富汗尼约为8.98元人民币(2019年1月汇率)。

2 巴达赫尚省毗邻塔吉克斯坦,该省主要居民为塔吉克族人。

3 现在大多数阿富汗馕铺已不再使用面酵子,而是改用更方便的发酵粉进行发酵。

人们像夹公文包一样,把烤馕夹在腋下
2018.03

街边一家由男人经营的烤馕铺
2013.09

样做出来的馕格外香甜，刚出炉时就着茶水吃，是最平实的美味。邻居们对于这家老城中唯一由女人经营的馕铺，总是能帮就帮，家里没有坛多里的，还把面团送到她这里烤，价格便宜，只收 5 阿富汗尼的手工费。随面团送来的还有一根木棍，古尔赞婶婶会在木棍上标记面团的数量，一周结算一次钱。

费扎巴德位于帕米尔高原和兴都库什山脉之间的库克察河谷，这个海拔 1200 多米高的小城除了夏天，其他季节的清晨都很寒冷。2017 年 1 月的某天，太阳还没有露头时，费扎巴德老城的清真寺挂得高高的喇叭中，传出了穆安津[1]对穆斯林的召唤，那悠长的宣礼声飘过静谧的天空，越过铁桥上的链条，爬上石头垒出的台阶，穿过古尔赞婶婶家的院门，将她从睡梦中唤醒。炉子里的煤块经过一夜的燃烧，已经快要熄灭了。古尔赞婶婶披上外衣，从旁边的矮柜中拿出做礼拜用的跪毯，对着麦加的方向铺好，开始做今天的第一次礼拜。

古尔赞婶婶收好跪毯后，拿起矮柜上的应急灯，挪动着不大灵活的臀部，小心翼翼地跨过两个依然在睡梦中的女儿，走到了门厅。费扎巴德居民的人均收入是首都喀布尔的 1/2，可每度电的价格却高达 45 阿富汗尼，足足是喀布尔的 15 倍[2]。电费贵到咂舌，人们却只能从傍晚 5 点开始（也是一天中供电最稳定的时间），充分利用接下来的几个小时，给手机充电，看电视，在灯光下做饭、吃饭、洗碗，再在 10 点停电之前，把被褥铺在地毯上，因为一旦时针跨过数字 12，随时都可能一片漆黑。

---

[1] 穆安津（Mu'adhdhin），阿拉伯语意为"宣礼员"，是清真寺中召唤穆斯林去做礼拜的人员。

[2] 塔吉克斯坦通过输变压电线将该国剩余电力从罗贡输送至喀布尔以及沿线城市和地区，故价格低廉；而巴达赫尚省需要自行火力发电，导致电费极其昂贵。

邻居家的萨尔米娜，头上顶着要送到古尔赞婶婶处的面团
2017.01

古尔赞婶婶明知没什么希望，还是随手拨了下墙上的开关。果然，同大多数日子一样，屋里的亮度没有发生任何变化。她只好在应急灯的白光下，掀开了盖在长方形托盘上的毛毯，里面是她夜里起来准备的 10 公斤面团，经过几小时的发酵，已经是最初的两倍大，圆鼓鼓的，像怀孕女人的肚皮。古尔赞婶婶满意地把毛毯盖回去。这时天色已亮，浅金色的晨光透过薄雾斜扫进房间，打在了紫红色的毛毯上。

1988 年，苏联逐步开始从阿富汗撤军，古尔赞婶婶——或许在那时我们只应该称呼她为古尔赞，嫁给了她的邻居莫纳德，一个为苏维埃政府官员开了三年车的司机。第二年年底，苏联最后一批军队也离开了，游击队员从周围的山上跑到费扎巴德的镇上，成了新的当权者。这里表面一片和气，暗地里不同派别的争斗却格外激烈，这些在山上待了很多年的男人已许久未见过女人，对异性的渴望与战争中塑成的狠辣融在一起，他们三五成群地走在大街上，肆无忌惮地打量着身边经过的每一个女人。为了躲避那些讨厌的眼神，连已经生下大女儿的古尔赞，也不得不像她的长辈那样，在出门时穿起了蓝色的茶达里[1]。莫纳德依然为政府工作，只是服务的对象变成了游击队中的某位军官。

又几年过去了，人们从广播中越来越常听到一个名为"塔利班"的组织，听说是一群有着崇高理想的年轻学生，他们试图终结内乱，决心为和平和伊斯兰而战；而后，人们又听说游击队中的阿拉伯人转而加入塔利班，这个组织也因此深受伊斯兰古典主义"瓦哈比"教派的影响，在占领喀布尔后，不再允许女孩上学，也禁止女人工作，还不让人们做任何有趣的事，如果有人被举报在该礼拜的时候做其他事，就会被施以鞭刑；越往后传来的消息越糟，人们听说塔利班已经攻破了萨朗垭口，占领了昆都士。最糟糕的时候，战火离费扎巴德只

---

[1] 茶达里（Chardari），阿富汗人对一种长至脚踝、面部用网眼布料织成的蒙面长袍的叫法。外国人常说的波卡（Burka）其实是巴基斯坦人和印度北部穆斯林对这种服饰的称呼。茶达里与茶杜尔（Chardor）并不是同一种服饰，见后文。

费扎巴德老城的铁桥
2017.01

有 20 多公里，重型炮的声音又重新在人们的耳边响起，城里的医生、老师、屠夫、裁缝、高中生、大学生、出租车司机，还有古尔赞的丈夫，都为了保护家人，为了保有自由刮胡子的权利，自愿或半被迫地奔赴战场。临走前，莫纳德抱起两个女儿亲了又亲，在她们的哭声中离开家，走到老城的士兵集结处，登上卡车去了前线。在一场场的战斗中，无数个家庭失去了儿子、父亲，可他们总算把塔利班击退，保住了巴达赫尚，使这里成为阿富汗唯一一个在塔利班统治时期没有被占领的省份。

很多人回来了，只是把母亲给的一些皮肉、鲜血、眼睛、一条或两条胳膊、一条或两条腿永远地留在了山间，作为丰沃的肥料给予了自然。在古尔赞虔诚的祈祷中，她的丈夫也回来了，莫纳德的肺部被一颗流弹打中，虽然活了下来，但胸腔里就像安了个风箱，呼吸听上去嘶嘶啦啦的，一咳嗽就停不下来。好在上司念及多年的情分，把一辆政府快淘汰的旧日本车送给了他。莫纳德依然是司机，只是服务的对象又成了费扎巴德的所有人。

费扎巴德没有公共交通系统，大街上每辆车都可以是出租车，需要搭车的话只需要招招手。与他人共乘，路程近点儿只需 3 阿富汗尼，最远也不会超过 15 阿富汗尼；如果包下整辆车，根据路程远近车费在 50—100 阿富汗尼不等。在 2002 年，莫纳德开出租的收入虽不如之前多，但除去日常开支仍有结余。他说要多存些钱留给两个女儿。也许是因为给苏联占领军、游击队、拉巴尼[1]政府的各路官员开过车，跟在他们身旁"见过不少大场面"，也许是在战争中悟到了什么，这个男人并不像其他人那么重男轻女，他从没有因为妻子只为他生下两个女儿而苛责过她；相反，他是那么疼爱古尔赞和他们的两个女儿。

1　布尔汉努丁·拉巴尼（Burhanuddin Rabbani），阿富汗前总统。

一件蓝色的茶达里
2013.10

"这些钱留给纳吉亚和里诺,若她们喜欢念书,我就一直供到她们不想念为止;若她们想嫁人,这笔钱就是嫁妆,不能让她们因为钱的原因受到一丁点儿委屈。"古尔赞婶婶想起丈夫曾说过的话,对着清晨初升的太阳眯起了眼,该去屋外给火炕生火了。

古尔赞婶婶脱下外衣,换上冬天烤馕时才穿的"工作服"——一件米色的线衣和一件墨绿色的高领毛衣,还有一条快看不出颜色的茶色头巾。她在馕铺开业那天把这件墨绿色的毛衣穿在了身上,从每年深秋一直穿到来年春天,三年下来,腋下和肘部有好几处已经磨脱了线,去年便又在毛衣里面加了件米色的线衣,就这样一直穿到了现在。

院子里的馕铺
2017.01

生于巴达赫尚：开馕铺的古尔赞婶婶

推开门，寒冷新鲜的空气扑面而至，古尔赞婶婶哈着气走到院子里，馕铺就在院子右侧——一个靠着院墙三米长、半人高的土炕，炕的两头垒得和院墙一般高，一侧是坛多里，口子用棉被盖着，几根木柱子顶住了已被烟熏得焦黑的房顶。古尔赞婶婶蹲下身打开炉门，向里面添了柴火和牛粪，她又用火柴点燃了一张硬纸壳，等火苗大起来才扔了进去。古尔赞婶婶被烟呛得咳了两声，她站起来，往地上啐了下口水，又用鞋蹭了蹭，然后一手扶着腰，慢慢走回了屋内。

"早上好，玛代尔[1]Jaan[2]。昨晚不是说好了，喊醒我们帮您生火吗？您怎么又自己去弄了？"说话的是纳吉亚，古尔赞婶婶的大女儿。

"你们待会儿还要去电台，应该多睡一会儿，生火又不是一件多累人的事。"

"您的腰是不是又疼了？今天让色莫尔婶婶帮忙照看铺子，我带您去医院看看吧。"小女儿里诺也醒了。

"去医院做什么？还不是那些说了多少次的话，手术、手术、手术。医生动一下嘴皮子，比鸡叨谷子还要轻松，可我做了手术就起码两三个月不能动，馕铺怎么办？不说别人，色莫尔家的孩子就吃不惯别家的，只爱吃我烤的馕。小毛病，我歇歇就好了。"古尔赞婶婶嘴上这么说，动作却没停下来。她弯下腰，把盖在面团上的毯子拿开，试图将托盘拽向卧室。里诺揉着眼睛，见状赶紧上前提起托盘的把手，帮母亲把面团拽进了屋。

古尔赞婶婶洗了手，又去厨房拿了菜刀和面粉。纳吉亚打着哈欠看手机："玛代尔 Jaan，天气预报说今天会下雪呢。"

里诺放下托盘，开始收拾毛毯和被褥，把它们整齐地堆放在墙角。她眼见古尔赞婶婶把一张塑料布铺在地毯上，又赶紧走到托盘边，吃力地把这 10 公斤的重家伙挪到塑料布上。

[1] 玛代尔（Madar），达利语，意为"妈妈"。
[2] Jaan，达利语，意为"亲爱的"。

（左）大女儿纳吉亚
2018.03

（右）小女儿里诺
2018.03

"里诺 Jaan，我的宝贝。"古尔赞婶婶坐在软垫上，欣慰地看着自己的小女儿。

纳吉亚听后，故意噘起嘴："好吧，好吧，大女儿没帮您拿面团，就不是您的宝贝了。"

"你呀，真是随了你的帕代尔[1]，没事儿就拿我开玩笑，我的纳吉亚 Jaan，你去煮壶茶，我口渴啦。"

[1] 帕代尔（Padar），达利语，意为"爸爸"。

古尔赞婶婶揉了揉发好的面团，从上面切下一块，搓成直径五六厘米的圆形长条。她边揪着面团，边问小女儿："今天下午女性栏目讨论的话题是什么？"

"是'愿望'。您觉得怎么样？我从'愿望'和'健康'这两个备选话题中选择了'愿望'。"

"好极了，我的女儿。这期栏目有嘉宾吗？"

"嘉宾是妮伽和比达。玛代尔 Jaan，您知道妮伽的，就是长老的大女儿。"

古尔赞婶婶停下手中的活计，仰着头想了想，然后说："爱吃我烤的馕的那个小妮伽啊。她家的佣人一来买馕，我就知道准是妮伽从喀布尔回来了。"

里诺还没说话，拿着茶壶进屋的纳吉亚就咯咯笑了："哎呀！我的玛代尔 Jaan，长老家有自己的坛多里，还有个专门做饭的豪拉[2]，妮伽让人来买馕，完全就是给您捧场啊。"

[2] 豪拉（Hawla），达利语，意为"婶婶"。

"那也是因为玛代尔 Jaan 的馕做得香。"里诺体贴地说，紧接着转移了话题，"纳吉亚 Jaan，你今天不是要见偌尚（Roshan）[3]的市场经理吗？玛代尔这儿有我呢，你收拾一下赶紧出发吧。"

[3] Roshan，阿富汗最大的网络运营商之一。

纳吉亚看了看手机——7：05。"还真是，我得赶紧去洗脸了。"

"里诺Jaan，你也去做自己的事吧。"

"我先帮您把托盘拿到外面。"

把院门打开后，里诺又回屋拿了茶壶和茶杯放在母亲身旁，这才去院里的水龙头前洗漱。古尔赞婶婶蹲在炕上，面朝着坛多里，把手伸到炉内后摇了下头——温度还不够高。她拿起一个铝盆，往里面放了些盐，一小杯牛奶，又加了些水。牛奶是古尔赞婶婶的"秘方"，往炉壁上洒些掺了牛奶的盐水，可以让馕贴得更紧实，烤好后还特别香。

（左）古尔赞婶婶和她的圆形布案板
2017.01
（右）打眼用的馕戳子，烤前戳透面饼，烤好的馕才不会鼓包
2017.01

要想做出一张又大又圆的烤馕,一个圆形布案板必不可少——这个直径约 60 厘米的圆墩子,是 4 年前古尔赞婶婶亲手缝制的。她先在布案板上洒了点面粉,又拿起一个面团,用两只手将它压平,再放在布案板上,从饼心开始熟练地用手拍打,使面饼越来越薄、越来越大,直到能铺满整个布案板。

接下来要用带把手的馕戳子在面饼上均匀地压出圆形的花纹。古尔赞婶婶拿起面饼,在两手之间来回拍打了几下,然后利落地将它贴到了坛多里的内壁上。

在给下一个面饼打好眼后,炉内的馕表面已变得金黄。当迷人的面香顺着炉子飘散出来时,古尔赞婶婶戴上了一只厚度足以隔绝高温的手套,把馕从内壁上取下来,潇洒地扔向炕的另一侧铺好的床单上面。

第一位顾客走进院门时,古尔赞婶婶已经做好了十几个馕。

"早上好,豪拉 Jaan。您好吗?"说话的是隔壁邻居家的二儿子,8 岁的纳迪尔。

"早上好,纳迪尔 Jaan。你可是今天的第一位顾客呢。"

"我想要 5 个馕。"

"家里有客人吗?你自己拿就好了。"

"是的,豪拉 Jaan,我叔叔一家从皮塔夫[1]来看病,要住上一个礼拜才回去呢。"

[1] 皮塔夫(Pitav),费扎巴德北部的村庄。

古尔赞婶婶和她的馕铺
2017.01

纳迪尔把100阿富汗尼放进炕上的铁盒里,然后吃力地抱着5个摞起来快有他一半高的馕离开了。

屋内,姐妹二人正在共用一面镜子,纳吉亚在戴头巾,里诺则在擦面霜。纳吉亚说道:"昨天你写主持稿的时候,玛代尔 Jaan 偷偷问我,她说你回家时脸色很不好,是不是又有人打电话威胁你了?"

"你怎么说?"

"我能怎么说?难道告诉她,有人给她的女儿打电话骂她是不正经的女人吗?"纳吉亚撇了撇嘴,"我骗她说因为广播站的发电机坏了,维修的人又迟到,害得你的节目差点儿不能准时播出。"

"打电话的就是去年秋天的那个人。我知道是他,他说上几句话就会咳一口痰。他那时候说,一旦塔利班打到费扎巴德,他希望我是第一个被杀掉的女人。昨天他又说,塔利班要打过来了,那时他会亲手用石头把我砸死。"

"真是个无可救药的人。"纳吉亚低声骂道,"对愚蠢的人最好报以沉默[1]。"

1 这是一句阿富汗谚语,原文为 Jawab e Ablahan Khamushi Ast。

"我没有理他,直接挂了。让玛代尔看出来我心情不好,这感觉糟透了。"

纳吉亚走向里诺,抱住了她,用手轻抚着她的后背。

"纳吉亚 Jaan,如果真有一天塔利班打到了费扎巴德,我们该怎么办?"里诺的声音微微颤抖着。

纳吉亚半晌没有说话,过了好一会儿才说:"Jaan,说实话我也不知道,我也很害怕。但我们不能让玛代尔看出来,你说对吗?"

"你说得对。现在我们唯一可以做的,就是把电台做好。"

"答应我，依然要小心，好吗？"

见妹妹点了点头，纳吉亚才放心下来，她穿上了一件长度到小腿的黑色大衣，边在门口穿鞋边说："那就电台见了。"

"好的。你也要小心。"

纳吉亚站在院子里，从兜里掏出一张纸巾，弯下腰仔细地把黑色低跟皮鞋上的泥土擦干净，然后走到炕边对古尔赞婶婶说："我走了，玛代尔 Jaan。"

"带上这个。"古尔赞婶婶递过一只布袋，里面装着三张刚出炉的馕，"和电台里的孩子们一起吃。"

"好的，玛代尔 Jaan，再见。"

看着纳吉亚离开，古尔赞婶婶叹了口气，女儿是自己身上掉下来的肉，哪句话是真哪句话是假，她又怎么会分不清楚。这两个女儿，纳吉亚是风风火火，行动力十足的那个；里诺虽看上去文文弱弱，却细腻敏感，总是在节目中用柔声将新的观念传递给收音机旁的女人们——那些对大山之外的世界毫无概念、不知互联网为何物，也从来不知道自己也有权利说"不"的女人们。

"我这两个女儿啊。"古尔赞婶婶感叹着，心里又是欣慰，又是担忧。

像花一样美好的生活

二姐曾告诉古尔赞，如果一个男人的手指甲干净整齐，他就会是一个好丈夫。她坐得笔直，甚至有些僵硬，在两家父母说话时，她假装整理头巾，然后用手挡着眼睛，偷偷瞥向莫纳德放在膝盖上的左手。

在阿富汗，通常只有帕代尔才有给新生儿起名的权利。每个阿富汗人的名字都有独特的意义，人们祈祷安拉看到这些名字，可以感受到父母对新生儿美好的祝愿。在达利语中，"古尔赞"意为"花朵"，想来古尔赞婶婶的帕代尔一定希望女儿可以拥有像花一样美好而芬芳的未来。

如果稍稍留意古尔赞婶婶的额头，不难发现在那些皱巴巴的横纹下，有两个青黑色的圆点。继续往下看，在她坚挺的鼻尖、4颗闪闪发亮的金牙下面，第三个圆点在下巴上若隐若现。这三处面部刺青，含蓄地宣告着古尔赞婶婶的身份——她很有可能是阿富汗游牧民库奇[1]人的后代。这种通常为圆点状的刺青叫作"卡尔"，被刺在女人的额头、下巴以及脸颊上。刺"卡尔"是一种保护女人远离恶魔之眼的古老习俗，在伊斯兰教还未兴起时就已存在于这片土地。在偏远的农村，人们至今依然相信"卡尔"是治疗肌肉酸痛的秘方。古尔赞婶婶是家中最后一个刺上"卡尔"的人。

1 库奇（Kochis），是一种从生活方式（游牧）、生产模式（牲畜依赖）定义人群的术语。

库奇女人嘴唇和下巴上的卡尔刺青
2018.03

生于巴达赫尚：开馕铺的古尔赞婶婶

坎大哈市郊 30 公里处，库奇部落中的女人
2018.03

"库奇"在达利语中意为居无定所之人，绝大多数库奇人属于普什图格里吉（Ghilji）部落与杜兰尼（Durrani）部落。就像阿拉伯的贝都因人一样，几个世纪以来，库奇人赶着自己的骆驼、山羊和绵羊，追随着阳光和好天气，在阿富汗的草原，在锯齿状的山间和沙漠中，寻找着优良的牧场，以游牧为生。当山顶的积雪消融时，他们在一处，当吸进鼻孔的空气变得滚烫时，他们又迁移到了另一处。

库奇人的家是骆驼背上的几根木棍子和山羊毛做的篷布。生活安逸的外国人，甚至会羡慕他们的居无定所——在一个地方住倦了，就可以卷起篷布、装上手鼓、将骆驼皮缝制的水袋灌满水后，毫无牵挂地离开。他们赞美库奇女人脸上纯天然的刺青，赞美她们五颜六色、缀着亮片的长袍，赞美她们编织在小辫中的古朴独特的银饰。

曾经，库奇人可以在整个国家中自由地迁徙，可几十年的战争下来，原有的生活方式已无法继续，越来越多的库奇人选择寻一处定居，他们也想像这个国家的其他人一样，有土地建房子，有水、有电，有学校可以让后代接受教育。可是，宜居的土地绝大部分都是私有的，他们的牲畜总在破坏别人的庄稼，因而不断地被驱逐。很多库奇人不得不在埋有地雷的危险地区继续游荡，有些人不怀好意地称他们为——"排雷志愿者"。

（上）库奇人的帐篷内部
2018.03

（下）库奇女人所穿着的"莎西达"长裙，是一种胸前满绣、缝有大量彩色钉珠的传统服饰。在《记者迪巴》的"裁缝、布料和新裙子"章节有详细介绍
2018.03

1　此处指相当于阿富汗今日 200 美元的购买力。

　　古尔赞婶婶应该是幸运的。远在她未出生以前，素未谋面的外祖父以 200 美元¹左右的价格，把女儿卖给了古尔赞婶婶的帕代尔——一个刚死了老婆的好心肠羊毛贩子。古尔赞是家中的第三个女儿，且是活下来的第七个也是最后一个孩子。

　　像大多数阿富汗女孩一样，从四五岁开始，古尔赞就开始帮着玛代尔做家务了。她会穿针、抱柴火、用勺子搅拌面粉，不过最喜欢做的事，还是跟着帕代尔和几个哥哥去库克察河边，清洗收来的羊毛。作为最小的孩子，即使帮不上什么忙，帕代尔也从不会骂她。当几个哥哥清洗晾晒羊毛时，古尔赞就蹲在河边抓青蛙，抓到一只就放掉另一只，玩得兴高采烈。

　　1978 年，受苏联扶持的执政党阿富汗人民民主党颁布了女孩必须接受教育的法令，由于费扎巴德是苏联驻军所在地，这一法令在这里得以强制执行，7 岁的古尔赞也因此得到了一身校服，一只装着笔记本和铅笔的布包，坐进了干净整洁的教室中，她半天在这里学习达利语、俄语和数学，另外半天则跑到清真寺和留着白胡子的阿訇学习《古兰经》。

　　古尔赞的帕代尔很不喜欢女儿们去上学，也许学学算术还不错，但其他的知识就有些多余了，女人最大的优点应该是顺从，懂得太多不好管教，对以后嫁人可没什么好处。在这个羊毛贩子的心中，女人是服从者，是可随意耕种的土地，是需要他保护的私人财产。不过他到底是个好心肠的人，从没有打过老婆。妻子给他生了三个儿子，他没理由，也不打算再娶。

坎大哈市郊 30 公里处，库奇人的帐篷
2018.03

围着白色头巾的女学生。如今,教育排在阿富汗年度预算支出的第三位,仅次于国家安全和基础建设
2018.03

他想来想去也想不出个好办法，怎么才能在不被抓起来的情况下把女儿们从学校里弄回来呢？古尔赞在帕代尔日复一日的苦恼中，竟也安然无事地读完了小学，可她也就只读完了小学。帕代尔担心女儿们继续读下去，一个个都会在学校里交男朋友。苏联人那会儿正被神出鬼没的游击队搞得焦头烂额，顾不上去抓那些不让女孩上学的家长。女儿们都回到了家，古尔赞的两个姐姐不久后就被嫁了出去，可不是吗，女孩过了16岁还不结婚，嚼舌根的闲话就会在邻里间传来传去。

古尔赞发现结婚似乎是件不错的事：新娘会收到男方送来的很多礼物，比如好闻的玫瑰水，亮晶晶的项链和耳环，各种颜色的布料和可以缝在上面的珠子和亮片。婚礼当天大家可以唱歌、跳舞，还有手抓饭、炖肉和各种各样的干果可以吃。

"继续上学和做新娘，似乎都是不错的事，既然不能再回到学校了，那我就安心等待我的婚礼吧。不知道我的丈夫会是一个什么样的人呢？"古尔赞心里默默地想。这些话她不能和任何人说，因为这在阿富汗文化中是不被允许的，别人会认为她是个不正经的女孩，会直接影响到整个家庭的荣誉。

古尔赞的大姐嫁给了相邻的塔哈尔省泰勒坎市的一个木匠，二姐则与本地的一位银行出纳结为夫妇，搬入男方位于新城的家中。古尔赞的玛代尔并没有像其他嫁女儿的阿富汗女人那样悲伤，虽然在当地文化中，她不能在没受到女婿邀请时自行探望，女儿更不能在没有丈夫的同意时回来看望她。

脸上带着"两个半""卡尔"刺青的古尔赞婶婶
2017.01

两年后，在帕代尔的默许下，额头和脸颊两侧都做了刺青的玛代尔，用姜黄片在古尔赞的双眉之间和下巴上涂抹，然后用火烧过的针，蘸着靛蓝和炭块磨成的粉末，为古尔赞文了三处圆形的"卡尔"刺青。古尔赞对此已盼望多时，但针刺带来的剧烈疼痛，让她做最后一处"卡尔"时哭着求玛代尔停手。古尔赞因此被哥哥姐姐起了外号——"两个半"，气得她当天连晚饭都没有吃。

做新娘的愿望也在古尔赞16岁那年顺利实现了。她未来的丈夫莫纳德是邻居家的儿子，帕代尔对他颇为满意，说他"是个正派人"。十几年前，莫纳德一家从达瓦兹[1]搬来此地，那儿的人以爱说不好笑的笑话而全省闻名。古尔赞不久前还听过一个关于达瓦兹人说笑话的故事：一个达瓦兹男人在集市上买了一口锅，把它绑在驴子背上，走十公里山路回村子。他边走边在心中默念："安拉在上，如果我能把锅顺利带回家，明天就让妻子用这口新锅给全村的人做手抓饭。"几个小时之后，一人一驴一锅平安抵达家中。他高兴地向妻子讲述了自己对真主的承诺，然后说道："不过，做手抓饭的事儿就算了吧。"他的话音刚落，锅从驴子背上滑了下来，摔坏了。这个男人哭丧着脸，右手摸着心口叹了口气："唉，难道连安拉都不知道我只是在开玩笑吗？"

订婚仪式后的第三天，莫纳德随父母及几位同辈的女眷来到古尔赞家中，与她的父母商讨婚礼的细节。古尔赞与莫纳德坐在会客室的坐垫上，中间隔着大约两个手掌宽的距离。二姐曾告诉古尔赞，如果一个男人的手指甲干净整齐，他就会是一个好丈夫。她坐得笔直，甚至有些僵硬，在两家父母说话时，她假装整理头巾，然后用手挡着眼睛，偷偷瞥向莫纳德放在膝盖上的左手。

不管他会不会说笑话，他都将是一个好丈夫。古尔赞心里乐开了花，但脸上没有任何表情，她不能表现得太过高兴，这样不矜持；也不能显得太悲伤，万一莫纳德以为她不想嫁给他，那就糟了。

"我有点紧张。"莫纳德低声说，在古尔赞听来，他的声音像鲁巴布[2]弹奏的曲子一样悦耳动听，尾音还有些轻微的颤抖。

---

[1] 达瓦兹（Darwaz），巴达赫尚省最北部地区，与塔吉克斯坦接壤。

[2] 鲁巴布（Rubab），阿富汗传统乐器，被当地人称为乐器之狮。

"我也是。"古尔赞低下头嘴巴动了动,声音小得连自己都听不清楚。

对方还没说话,她不知道哪里来的勇气,又补充了一句:"你会是个好丈夫。"

"唔?"莫纳德似乎有些惊讶。

古尔赞再没说话,因为她发现周围的人都竖起了耳朵,似乎对他们低声交谈的内容非常感兴趣,她的心开始噗通噗通狂跳,为自己脱口而出的话担忧不已。

我竟然对他说"你会是个好丈夫",听上去蠢透了。什么样的女孩才会说那样的话啊,哪怕"我会是个好妻子"也比"你会是个好丈夫"要强,我可真是个笨蛋,古尔赞的心中不断埋怨着自己。

每年的诺鲁孜节[1],在山顶的白雪刚开始消融的时候,巴达赫尚省的人们就会从各个村庄赶到费扎巴德,观看布兹卡谢[2]比赛。赛场周围的小贩大声叫卖着开心果、煮鸡蛋、瓜子和馕,观众们围着赛场或蹲或站,对场上几十个骑在骏马上的查潘达[3]吹着口哨,大喊助威。

一只因布兹卡谢被宰的羊有着和宰牲节上被宰的羊同样神圣的意义,只不过死前不会像后者一样嘴里被塞上一块糖[4]。放血后砍下羊头,将4只蹄子在膝盖处砍断,清空内脏后,再将余下的羊身放入冰盐水中浸泡24个小时。一场正式的布兹卡谢比赛中,参赛者会被分为两组,面对着主席台站成一排,用冰盐水浸泡过的羊身又沉又硬,被放在主席台下的不远处,查潘达的目标是以最快的速度奔至羊身旁,俯身捡起,带着它掉头奔至场地尽头,绕过插在地面的旗帜后再回到出发点附近,将它投入主席台前用石灰粉洒成的圆圈区域内。比赛中,骑手们不停地相互碰撞、有时还会被撞下马背遭到踩踏,不过即使那样比赛也不会终止,这是阿富汗男人最喜欢的国民运动。古尔赞也为这个比赛而疯狂,只是作为女人,她从没进过赛场,每次只能和其他喜欢这个比赛的女人一样,坐在几十米外的小山坡上远远地看着。

1 诺鲁孜节(Naw Ruz),达利语,意为新年,阿富汗的新年是每年公历的3月21日。

2 布兹卡谢(Buzkashi),达利语,意为马背叼羊,是阿富汗的"国技"。我国新疆地区的塔吉克族人,也会用牦牛或马来举行布兹卡谢比赛。

3 查潘达(chapandaz),达利语中对布兹卡谢比赛中骑手的称呼,又称帕拉望,意为勇士。

4 在阿富汗,因宰牲节被杀死的动物,人们通常会在它们嘴中塞上一块糖,以示感激。

巴达赫尚的布兹卡谢规模宏大,场面激烈,是整个阿富汗最有看头的。

不慎从马背上跌落的查潘达,有惊无险地躲过头顶无数奔腾而过的马蹄
2018.03

这里没有明确的比赛场地内外标示,因此工作人员时常需要将影响比赛的观众赶向场外围
2018.03

赛场上的查潘达
2018.03

看到查潘达向得分圈奔过来,这个拎着石灰粉桶的工作人员赶忙向场外跑去
2018.03

古尔赞结婚后的第一个诺鲁孜节,布兹卡谢比赛正在费扎巴德如火如荼地进行着,可她却在家中噘着嘴生闷气,因为好脾气的莫纳德,平时百依百顺的莫纳德,说什么也不允许她去看比赛。她想象着赛场上尘土飞扬的景象,耳边似乎能听到查潘达把羊扔入圆圈时,观众们发出的排山倒海的喝彩声。

等到晚上莫纳德回家后,她侧着身把茶盘放在丈夫面前,然后坐在他旁边。"唉。"她长长地叹了口气,声音重到旁人无法忽视。

莫纳德哈哈大笑,非但没有询问她叹气的缘由,还故意说起了当天工作时一些无关紧要的小事。

古尔赞佯作生气地一扭头,莫纳德才清了清嗓子说道:"我的布布鸟[1]Jaan,明年或后年,你就可以去看布兹卡谢了。现在,你最需要

[1] 布布鸟(Bulbul bird),达利语,意为"夜莺"。

(左)年轻时的古尔赞妯娌
2018.03

的，是安静地待在家中，你毕竟是快要做玛代尔的人了。"

看着莫纳德蜂蜜色的温柔双眸，古尔赞知道自己的脾气闹得毫无理由。二姐的话无疑是对的，结婚后的每一天，她都是那么幸福和满足。莫纳德的父母与他的大哥大嫂，两个弟弟，一个还未出嫁的妹妹，还有4个侄子侄女住在老屋中，腾不出房间给这对新婚夫妇。莫纳德的帕代尔给了他一些钱，他便用这笔钱加上自己的积蓄和向邻居的借款，在离老屋不远的山坡上买了座小院子。说实话，这在30年前的费扎巴德真不多见。

"Jaan，你还记得婚礼前你到我家时，我对你说的话吗？"古尔赞问丈夫，她轻轻地把手放在自己挺得高高的肚皮上面。

"你会是个好丈夫。"说完，莫纳德笑了起来，惬意地喝了一口妻子刚给他新添的茶，"怎么会不记得呢？我啊，当时就想，这就是我生命中注定的另一半了，她不光美丽，还是那么的与众不同。"

山区里的女性广播电台

里诺的两个节目为她积累了大量的人气,从家步行到电台的短短10分钟路程中,她经常会被穿着茶达里的婶婶们拦下,她们隔着尼龙布料发出闷闷的声音:"里诺Jann,我们喜欢打电话点歌,要是这个节目可以延长到两三个小时,或者一整天就好了。"

阳光不知道什么时候已被云层遮盖,天空中下起小雪,落在地面上大大小小的敞口容器中。外国援助组织三年前花了800万欧元,为这座城市安装了新的自来水系统,如今20%的家庭有了干净的自来水,但每当下雨或下雪时,他们还是像其他没有自来水的家庭一样,在排水管的下方放上水桶,用这些水和面、烧饭、煮茶,人们相信天上的水比地里的更洁净。

"祝您平安[1]。"两声几乎重叠在一起的问候从门外传来,两个蓝色的茶达里一前一后地走了进来。听声音就知道这是色莫尔和玛利亚,她们一个37岁,一个40岁,是邻居家的两妯娌。色莫尔的丈夫也是个司机,过去一直为NGO[2]开车,可自从2015年初,越来越多的非政府组织离开了巴达赫尚,他没有莫纳德的好运气,外国人并不打算偷偷留给他一辆旧车,他失业了;玛利亚的丈夫是个给汽车喷漆的漆匠,这手艺收入还不错,却要看天吃饭,没有活儿接的寒冷冬天他只能赋闲在家。每天早晨,两妯娌做完家务活,都会来古尔赞婶婶的馕铺帮忙,生意好的话一个月还可以拿到1000阿富汗尼左右的工钱,不好的话就只有100阿富汗尼,但不管怎么样,每天她们都能拿8个馕回家,算是给家里省下一笔买馕钱。

---

1 原话为:赛俩目(Salaam),穆斯林之间最常用的问候语和祝安词。

2 NGO(Non-Govermetal Organizations),非政府组织的英文缩写。

"祝您平安。"古尔赞婶婶抬头冲她们笑道，嘴里的四颗金牙闪闪发亮，似乎也在热情地打着招呼——你们今天还好吗？起初玛利亚总是忍不住盯着金牙瞧——不是一颗，不是两颗，而是足足四颗，整整齐齐地排列在古尔赞婶婶的上牙床上，在玛利亚毫不掩饰的羡慕目光下，古尔赞婶婶颇不自在地闭上了嘴，无意识地用舌头从左到右把它们捋了一遍。

"里诺在吗？"色莫尔脱下茶达里，把它放在了炕上。

"在屋里忙呢。怎么？你又要打电话点歌吗？今天准备跟着哪首劲歌在我的炕上跳舞？"古尔赞婶婶说完，发出了豪爽的笑声。

色莫尔捂着脸，咯咯的笑声从指缝间传出，尾音拉得格外长："哎呀，那次我是坐得腰酸，站起来活动活动罢了。你呀你，什么事都要拿出来开一开玩笑。"

妯娌二人爬上炕，坛多里炉旁放着两个刚送过来的托盘，用布盖着显露出十个面团。古尔赞婶婶嘱咐了她们几句，就下了炕，蹲在地上一只手拿着水壶，一只手冲洗着自己脸上的烟灰。她揉着腰，那儿就像刚有一百匹马同时踏过一样，忙活了一上午，古尔赞婶婶终于可以回到屋里，煮上一壶加了甜杏仁的奶茶，稍稍休息一会儿了。

里诺刚刚写完了下午档栏目要用的新闻稿。她去年从城里的另一家电台"阿姆"辞职，加入了纳吉亚创办的FM（调频）89.8女性电台。每天下午都有她的两个栏目，一个是全省收听率最高的《卓也什》[1]点歌栏目。每天下午两点，在出租车中、商铺里的收音机中、老城漫山遍野的泥土房里，都会传来里诺温柔而熟悉的声音——"祝您平安，收音机前的兄弟姐妹们，无论您是在灶台边还是饭桌前，又或是在汽车里，感谢您收听FM89.8女性广播电台的《卓也什》栏目，我是里诺……"

---

[1] 卓也什（Joesh），达利语，意为燃烧着。

接下来的一个小时是里诺的另一个栏目《女性》。这是一档谈话节目，每期都有一个特定的话题，有时还会邀请不同行业的女性来到广播间，针对听众电话中所讲的故事，分享自己的观点并提一些建议。每期节目中，里诺都会特别提出一个问题，答得最好的人，就可以去市场的一家小商店中任意挑选总价值不超过 200 阿富汗尼的礼物。

在只有 44000 人的费扎巴德，并不是人人都知道古尔赞婶婶的馕铺，但她两个女儿创办的巴达赫尚第一家女性广播电台，绝对是家喻户晓。电台在 2016 年 2 月创办时只有 4 位主播，不到两年时间里，先后又有 9 位主播加入，因为广告收入有限，目前（2017.01）只向里诺和另外一位元老级主播发放 4000 阿富汗尼的月薪，其他员工为志愿者，每个月只有 600 阿富汗尼的交通费和餐费补助。即便如此，大家还是义无反顾地加入了，9 个人中还有两位男主播，负责晚间 18：00—22：00 的栏目。毕竟在阿富汗的文化中，女孩在天黑之前一定要赶回家，这不仅被认为是品行良好，更是一种必要的自我保护。

玛利亚的视线还是会时不时地瞄向这四颗金牙
2017.01

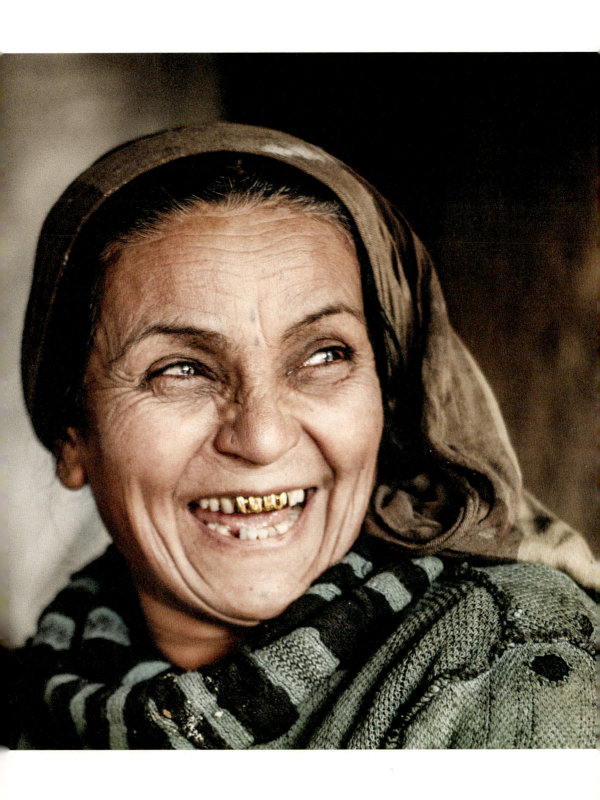

里诺的两个节目为她积累了大量的人气，从家步行到电台的短短 10 分钟路程中，她经常会被穿着茶达里的婶婶们拦下，她们隔着尼龙布料发出闷闷的声音："里诺 Jaan，我们喜欢打电话点歌，要是这个节目可以延长到两三个小时，或者一整天就好了。"

婶婶们的确很喜欢点歌。巴达赫尚是阿富汗最贫穷的省份之一，这里的平均受教育程度也在这个国家排名垫底。有时在电台的法律、经济栏目中，主播经常会接到婶婶们的电话，她们冲着手机听筒热情洋溢地大声说道："好姑娘，我要点一首阿亚娜·萨义德的《卡玛克卡玛克》！"哭笑不得的主播只能耐心解释："对不起婶婶，这个栏目不是《卓也什》，您不可以点歌。"

"色莫尔问你在不在，她和玛利亚又想点歌了。"古尔赞婶婶说完喝了一口杏仁茶。

里诺抿嘴笑道："她们呀，每次想点歌时都和我说：'我们今天会打电话点 ×× 歌，到时候你可千万别问什么问题，直接放歌就好了。'"

"她们啊，总是小心翼翼的，怕婆婆说她们乱花钱。打个电话只要几个阿富汗尼，她们每天都带回家 8 个馕，这还不够吗？"古尔赞咂咂嘴，"如果我的女儿以后也碰到这样的婆婆，我宁愿你们永远别结婚。"

"我要是碰到这样的婆婆，就把丈夫拐到咱们家来住，好不好啊？"里诺打趣道。

母女二人笑作一团。

中午 4 个人轮换着吃了些东西，古尔赞婶婶还让妯娌俩又发了一块 10 公斤的面团。里诺离开家，步行前往电台。临走前，色莫尔喊住她，说了自己要点的歌，又例行嘱咐里诺千万不要问她任何问题。古尔赞婶婶洗过碗，从屋里拿出一台小小的老式收音机，这才爬上了炕。坛多里炉旁又摆了四五个新送过来的托盘，玛利亚和色莫尔一边烤馕，一边聊起另外一个邻居的近况。

"唉，可怜的卡利玛，小儿子病了，她从家中找出一瓶糖浆给他，可他喝完后病情加重，送到医院后又花了不少钱。"

"这真是太不幸了，怎么回事？"古尔赞婶婶问道。

"那瓶糖浆过期很久了，她不识字，认不得瓶身上的标签。"玛利亚长吁短叹，"我真怕这样的事也发生在我的孩子身上。如果当年我的帕代尔允许我去上学，也许我现在就是个医生，或者老师，也许我会过上一种完全不同的生活。"

古尔赞婶婶的收音机
2017.01

色莫尔也叹着气："瞧瞧古尔赞，她上过学，就是不一样。看看她养出的两个好女儿，也不用像我们似的十几岁就嫁人，天天只能围着厨房、婆婆和孩子转，自己一个人连门都不敢出。"

古尔赞婶婶说："还不是只读完了小学。我有时也想啊，要是能再多读几年书，我可能就去喀布尔了，甚至离开阿富汗也说不定呢。不过那样的话啊，我也就不会嫁给莫纳德，更不会有纳吉亚她们了。唉，河里的水流出去好远，这早就是过去的事了。你们晓得没文化的难处，就一定要想办法让女儿们上学。"

妯娌俩互相看了看，谁也没有说话。她们每人都有五个孩子，丈夫明确表示，儿子可以一直读书，但女儿读到初中就足够了。她们悲哀地看到了女儿们的未来，即使不愿她们活得同自己一样，却没有任何能力去改变。

三个女人在沉默中烤着馕，坛多里中飘出的烟萦绕在她们四周，穿过她们头巾下的发丝，熏黑了她们的眉眼，熏黑了她们的鼻尖，熏黑了馕铺屋顶上的横梁，然后顺着墙上的通风口跑了出去，在轻轻飘落的小雪中不见了踪影。

喜欢跳舞的色莫尔
2017.01

生于巴达赫尚：开馕铺的古尔赞婶婶

"嘀——嘀——"古尔赞婶婶身旁那部老式诺基亚手机的闹钟在13：55准时响起。她有心调节一下气氛，故意扯着嗓子说道："色莫尔Jaan，你的屁股准备好了吗？扭动起来吧！"

"现在打过去一定占线，我烤完这几个馕再打。"色莫尔红着脸，心情看上去好了一些。

古尔赞婶婶甩了甩手上的面粉，打开收音机，把天线拔出来对着院子。时间刚好，扬声器中传出了《卓也什》栏目的开场音乐。

里诺说完开场词后，很快就有电话接了进来。

"祝您平安，您好吗？我是里诺。"

短暂的延时后，"也祝您平安，我很好。里诺Jaan，你听得到我说话吗？"

"是的，我可以听到，姐妹，你今天过得好吗？"里诺温柔的声音从收音机中传来，听上去让人轻松愉悦。

"好，好，我过得很好，里诺Jaan，谢谢你，我的姐妹。我的姐姐今天上午刚成为玛代尔，我想为她点一首莫斯塔曼迪的《玛代尔》。"

"真是太棒了！是男孩还是女孩？"

"是一个女孩，安拉庇佑，她的帕代尔也很爱她。"

"恭喜你的姐姐，无论男孩女孩，都是给父母最好的礼物，不是吗？谢谢你的来电，这首歌送给所有的玛代尔，也包括我的。下面请大家欣赏，这首来自莫斯塔曼迪的老歌——《玛代尔》。"

每次有人点播关于母亲的歌曲时，里诺都会在最后加上一句："也送给我的玛代尔。"这话古尔赞婶婶听了那么多次，但每次听到后还是会不由自主地发出一声"噫——"的长音，伴着满脸的满足。

> 母亲就像一个天使，她的足下就是天堂
> 你给了我生命，将我带到这个世界
> 你为我受尽苦难，耗尽一生只为我能幸福
> ……

今天的生意还算不错，古尔赞婶婶看到昨夜所发的面已经所剩不多了，就让妯娌俩把中午刚发的新面团拿过来。色莫尔半蹲在炕上，双手使劲地揉着面前这个巨大的面团，她一边揉着面，一边让玛利亚给电台打电话。

玛利亚赶紧摇头："我来揉面，你去打，我总是说不好。"

色莫尔只得刮掉手上的面疙瘩，起身走到离收音机稍远些的地方，掏出电话按了几下，在一阵短暂的"嘟嘟"声后，电话接通了："祝您平安，您好吗？我是里诺。"

"也祝您平安，里诺 Jaan。我很好，我要点歌，我要点纳吉尔·哈拉和吉扎·恩雅特的《嗨呀呀》。"色莫尔低声说道。

"这是一首节奏非常欢快的歌啊，很棒的选择。那么这位姐妹，这首歌是送给谁的呢？"里诺的声音中带着淡淡的笑意，想必她已经听出来是色莫尔了。

"嗯……"色莫尔没想到里诺依然会发问，一阵紧张，过了一会儿才支支吾吾地说，"我，我要送给所有阿富汗女人，她们都是我的姐妹。"

"好的，姐妹，希望你有一个愉快的下午。这里是调频 FM89.8 女性电台的《卓也什》栏目，如果你有什么想听的歌曲，我就在这里等你的电话。在这样的下雪天，希望这首纳吉尔·哈拉和吉扎·恩雅特的《嗨呀呀》可以带给你们好心情。"

FM89.8 女性广播电台的直播间
2017.01

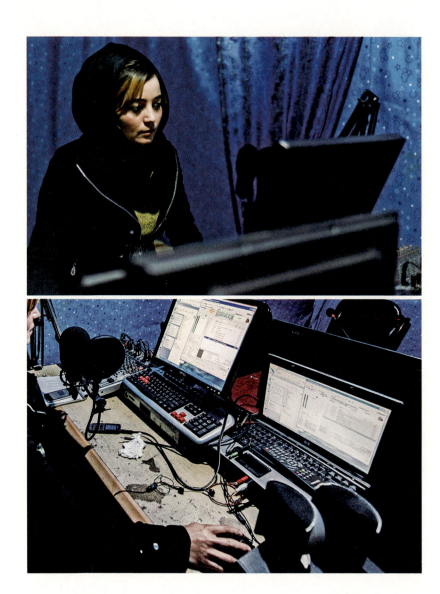

工作中的里诺
2017.01

色莫尔把电话塞进衣服,走回坛多里旁,无奈地对古尔赞婶婶说:"这个里诺Jaan,和你一样喜欢开玩笑,真是随了你的丈夫,她的帕代尔了。"

十几秒的延迟后,收音机里传来了色莫尔的那句"送给所有阿富汗女人",古尔赞婶婶和玛利亚被她的反应逗得哈哈大笑。色莫尔紧了紧头巾,刚要蹲下揉面,古尔赞婶婶假装拦住她,说道:"不着急,跳完舞再接着干。"

说完,她还冲玛利亚挤了挤眼睛:"我们把院门关上,这次让色莫尔Jaan踏踏实实地跳个痛快。"说笑间,面团已经被妯娌俩揉得光滑而饱满,就像一颗大号的被库克察河水反复冲刷的鹅卵石。

《卓也什》栏目结束后,收音机中播放了一则能量饮料的广告,这个每天播出两次、每次30秒钟的广告,每月可以为电台带来7000阿富汗尼的收入。姐妹俩曾因为这个广告发生过一次小小的争执。里诺认为能量饮料很不健康,最好不要在电台里播放这类广告,纳吉亚则认为电台的事业尚在起步阶段,只要不与"女性"抵触,所有的广告都可以接,毕竟每天单是维持发电机的运转,就要用掉1000阿富汗尼。

一阵舒缓的音乐声后,里诺的声音再次响起:"祝您平安,收音机前的兄弟姐妹们,这里是FM89.8的《女性》栏目,我是里诺,和我坐在一起的是本次节目的特邀嘉宾妮伽和比达。妮伽Jaan,比达Jaan,请你们向听众介绍一下自己,可以吗?"

"嗨,大家好,我是妮伽,目前在喀布尔的卡尔丹大学读新闻专业。"

"祝您平安,兄弟姐妹们,我是比达,在巴达赫尚女性事务部工作,主要负责女性就业和女性援助。"

"我们很高兴可以邀请到两位这么优秀的女孩,一起来讨论本期节目的话题'愿望',大家可以打电话参与讨论,也可以把你的观点通过短信发送给我们,节目结束前我们会选出一个说得最好的人,送出价值 200 阿富汗尼的礼品券,希望大家积极参与。"

"啧啧啧,长老家的女儿啊。几个月前她家不是被放了个炸弹吗,感谢安拉,没有任何人受伤。"馕铺里,古尔赞婶婶端来茶水,三个人一边休息,一边听着广播闲聊。

"妮伽 Jaan,关于愿望,你有什么想和我们分享的吗?"里诺发起提问。

色莫尔(左)和玛利亚(右),当妯娌俩知道照片会被用来出版时,色莫尔犹豫了一下,用围巾遮住了脸的下半部分
2017.01

"太多了，给大家讲个我自己的故事吧。几年前，我乘飞机从喀布尔返回费扎巴德，坐在我旁边的是前总统拉巴尼的遗孀，她和蔼地问候了我的父母，询问我和妹妹在哪里读书，等等，我们一路都聊得很愉快。到了费扎巴德后，我们拉着手一起走下飞机，我的帕代尔站在飞机旁边。他们互相问好后，她问道：'你还是只有两个女儿吗？'帕代尔回答道：'是的。'她听后说道：'你还不赶紧生个儿子？只有女儿怎么行？将来由谁继承你的财产？'她说话时，依然拉着我的手。我惊呆了。这时，帕代尔看了看我，大声说道：'谢谢您的关心。可我的两个女儿，是安拉给我的最珍贵的礼物。以后，还是请您不要再说这样的话了。'我的眼泪一下子就涌了出来，其实我一直都知道帕代尔非常爱我们，可是在那种情况下，他用那么自豪的语气大声地说出对我们的爱时，我真的很为他骄傲。"

"你的帕代尔真是一位令人尊敬的人。"比达由衷地说。

"谢谢你，比达 Jaan。所以我的愿望，就是有越来越多的人，可以像我的帕代尔一样看待女孩。我觉得男人和女人就像左脚和右脚，支撑着一个身体——我们的社会。两只脚只有同样大小，我们的社会才可以健康地发展，谢谢。"

"感谢妮伽 Jaan，这也是我们共同的愿望。那么，你有什么想分享的呢，比达 Jaan？"

"我想分享的太多了，如果都说完的话，保守估计要到下个礼拜。"比达的话逗得其他二人笑出了声。

"那么今天就和大家说说你最想说的吧，挑最想说的来说。"

"好。从哪儿说起呢？我觉得现在的阿富汗，很多男人标榜自己的思想是开放的，他们说根本不介意女人把脸露出来，或者出来工作。可我认为思想真正开放的只是极少数。大部分男人所谓的'开放'，仅仅是针对别人的老婆和女儿，一到自己的老婆和女儿时，就迅速换了另一套标准。我认为，很多女人都是这种'双标'的受害者，包括我自己。太多人在背后对我指指点点，说我穿牛仔裤，不穿茶达里，还化浓妆，他们因此认定我不是个好人家的女孩，没有好家教。这对我并不公平。

"就我而言，我的愿望是通过努力改变我们的社会，让我的女儿可以过上更好的生活。但其实，我也不确定是不是有人愿意娶我这样的人，但不管怎么样，我就先这么说吧。"比达说完，收音机里又传来一连串的笑声。

"谢谢你，比达 Jaan。你当然是个好女孩，也一定会找到一个与你志同道合的丈夫。真心地祝福你！"

色莫尔瞪大了眼睛，担心地说："这个女孩真敢说，愿安拉庇佑，不会有人伤害她。"

古尔赞婶婶点点头，"等着吧，马上就会有人打电话来诅咒她了。她说的这些话就像锋利的匕首，戳痛了那些有双重标准的男人。"

"听，听，她们在读听众发来的短信呢。"玛利亚说道。

"我希望当初能阻止丈夫扔掉我的女儿。"

"我希望不再挨打。"

"我希望没有战争，人们相亲相爱。"

"希望有一天，当我写下我的名字时，别人不会形容我是'一个帕代尔的女儿，一个丈夫的妻子，一个弟弟的姐姐'。我希望我就是我自己。"

"这个说得太好了。"里诺称赞道，"我被她的话真真切切地打动了。"

两位嘉宾也不约而同地发出了赞叹声。

这时一个男人走进了院门，是个身穿棕色羊毛坎肩的老者。玛利亚赶紧把收音机的音量调小，色莫尔下意识地把脸扭到另一边，还紧了紧头上的围巾。古尔赞婶婶很奇怪，邻居们都知道这是一家由女人经营的馕铺，只会让家里的小孩或女人前往，一般不会有男人过来。

老人走到炕前一米左右就不再靠近，原来是卡利玛的公公。

"祝您平安。卡利玛 Jaan 和孩子都还好吗？"古尔赞婶婶关切地问。

老人脸上的皱纹一层叠着一层，他拿着串珠的手摆了摆，叹了口气："孩子还没好，她竟然又病了，真是乱上添乱。"

"安拉庇佑。您要几个馕？"

"两个。"说罢老人走近几步，把手里的两张 20 阿富汗尼的钞票放在炕边，又退回到原来所站的地方。

老人背着手，侧身面朝院门不再说话。不多时，玛利亚就烤好了两个馕，她把馕放在炕边，古尔赞婶婶道："烤好了。"

"Bale[1]。"老人走过来拿上馕，告别后慢慢离开。

玛利亚继续做着面饼，过了一会儿，她一边用馕戳子在面饼上扎眼，一边嘟囔着："孩子病得厉害，当妈的急病了也是添乱？唉，我们到底生活在一个什么样的世界啊？"

古尔赞婶婶又把收音机的音量调大，三个人一边听着广播，一边烤着馕。雪下得越发大了，围着炉火倒也温暖，并不觉得寒冷。广播结束后，玛利亚和色莫尔拿着她们分得的 8 个馕，与古尔赞婶婶亲吻脸颊告别，左边一次、右边一次、左边再一次。

地是银白的，房顶也是，院墙上也是，远处的山头也是。这样的下雪天，人们总是要多吃点来御寒的，古尔赞婶婶心里默默地想。

1　Bale，达利语，意为"好的"。

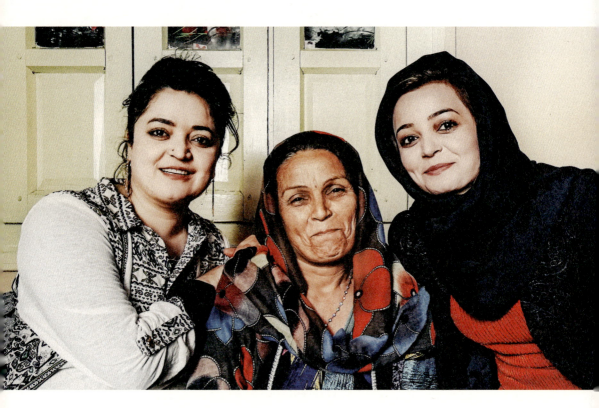

古尔赞婶婶与两个女儿
2018.03

02 / 生于坎大哈:

商人瑞吉娜·哈米迪

艰难的决定

"我恨我接下来要说的话,从某种角度来说,"瑞吉娜哽咽着宣布,"'坎大哈珍宝'要停业了。在座的29个人中,以绣坊目前的经济情况,只能负担8个人继续留在绣坊工作,让这儿继续运营下去。"

手机另一端的瑞吉娜语速飞快,听上去像很多美国人一样,是个说起话就停不下来的大嗓门。在电话中,她坦言女子绣坊已经在入不敷出的情况下挣扎了一年多,不出意外的话这几天就要宣告停业了。我还没来得及回应,她又接着说道:"不过我们欢迎你过来,你应该亲自看一看这里的现状,听一听我们的故事。你是我们的客人,普什图人是绝不会让客人花钱去住酒店的,我和我的家人欢迎你与我们同住。"

这架由卡姆航空公司执飞、从首都喀布尔飞往阿富汗第二大城市坎大哈的航班内,90%的乘客都是男性。飞机从笼罩着整个喀布尔上空的黄灰色煤烟中钻出,经过短暂的飞行,降落在连机翼的微小细节都清晰可见的坎大哈。如果说这个世界给予阿富汗的"关键词"是面纱与爆炸,那么以喀布尔为代表的北方人民,则慷慨地将这几个字毫不犹豫地强塞给了以坎大哈为代表的南方。北方人一遍遍地试图告诉周围的外国人——你们对阿富汗所有的负面印象,说真的,都与我们北方没什么关系。

12月底的坎大哈,正午的阳光比棉衣还要温暖,这里气温似乎比喀布尔要高出十来度,不少男乘客已经脱下外套,拿在手里,一派悠闲。但在北方听到的各种关于此地的流言蜚语让人心慌,我找了处

最不起眼的角落等行李，用围巾把大半张脸遮了起来，汗水沁湿了围巾，顺着脸颊流淌，而我只顾听着如鼓点般爆响的心跳，哪儿还顾得上擦汗。

没多久我意识到，根本没什么带着敌意的目光落在我身上。像一块被施以重力后又能自由伸展的海绵，我的胆子一点点大了起来，我走向几步之外的工作人员，询问自己的这身行头（一条超大号的可以遮盖整个上身和臀部的围巾以及宽松的长裤），是否真如电话里瑞吉娜·哈米迪所说的那样"符合时宜"。

那位眉眼深邃、毛发浓重——有着典型普什图人面貌特征的先生面带微笑地点了点头，用熟练的英语对我说："没有问题。"

坎大哈没有工业，几乎没有空气
污染，能见度非常高
2016.12

（上）"女人巴扎"（Women Bazaar）
中的各色茶达里
2018.03

（下）"坎大哈珍宝"的看门人
阿卜杜拉·林姆
2016.12

与拥有几座大型购物中心、穿着高跟鞋和过膝风衣的"时髦女郎"随处可见的喀布尔相比，作为阿富汗第二大城市的坎大哈，就像淳朴的"乡下"。除了市中心的奥马尔清真寺外，入眼的大多是黄土本色的低矮平房，最繁华的转盘周围，也不过才有一两栋十几米高的小楼，它们被刷成彩色倒让人觉得格格不入了。街上的行人中，男人占大多数，但也并非如北方人所说的那样——"连个女人的影子都没有"，毕竟他们中绝大部分人从没到过南方，只是根据媒体的描述和自己的想象造出了一个坎大哈的街景。

市集周围三三两两地走着一些女人，有的结伴而行，有的独自一人，她们身上的茶达里颜色各异，除了在北方常见的深蓝和白色，还有南方独特的肉粉、薄荷绿、灰蓝等淡雅的颜色，女人们将这些温和的颜色小心翼翼地披在身上。这样的坎大哈，你说它是2017年，还是1917年，似乎从视觉上都不会有太大的不同[1]。

瑞吉娜的绣坊位于坎大哈新城区，一条已干涸了十几年的河道北岸。这座月租800美元的老旧双层宅院是本地望族穆哈默德·拉菲德家的房产，前院停着两辆福特中巴，挡风玻璃上厚厚一层灰尘，似乎很久没开过了。我挑了门帘进到大宅内，室内没有了阳光的照射，气温一下就降了许多，嵌入墙里的玻璃隔板上，放着一块写着绣坊名称的小铭牌——"Kandahar Treasure, Works of Honor and Love（坎大哈珍宝，荣誉与爱之作）"[2]。

瑞吉娜和她的丈夫阿卜杜拉就站在玻璃隔板旁，她穿着一整身暗色花纹的沙瓦尔卡米兹[3]，巨大的围巾盖住了头发和整个上半身，这种极具阿富汗特色的装扮很难让人把她和电话里那个说着流利美式英语的人联系到一起。她气色不佳，肤色暗沉，看上去十分疲惫，两个黑眼圈似乎在委婉地表示，这个身体与一个好觉，有一百年那么远。阿卜杜拉站在瑞吉娜身后，比她高出整整一头。他同样穿着一整身沙瓦尔卡米兹，浅蓝色，卡米兹外套着一件毛背心。他的英语没有妻子那样流利，而且带着很重的鼻音，但举止彬彬有礼，让人心生好感。瑞吉娜抱歉地告诉我，在下午的会议结束前，她都会很忙。我可以先随便看看，如果有任何需要可以找阿卜杜拉。

---

1 同100年以前的坎大哈相比，低矮的黄土房，少有女性的大街，还有女人巴扎，这里并没有太多变化。

2 "坎大哈珍宝"是绣坊的名字。

3 沙瓦尔卡米兹（Shalwar kameez），"沙瓦尔"意为宽松的长裤，"卡米兹"意为宽松的长袍，根据样式分为男款和女款，在南亚次大陆地区是十分常见的服饰。

绣坊底层的左侧是只有女工才能进入的工作区域,与公共区域用一道带锁的门隔开,掀开门前褪色的布帘,昏暗的走廊铺着陈旧的腈纶地毯,从左到右依次是办公室、缝纫成衣室、上锁的原材料室、两间手工房和一个洗手间。另一侧的公共区域则门廊大开,里面是瑞吉娜一家三口的起居室、卧房以及男性工作人员的财务和人力资源办公室。二楼的大部分房间都空着,只有走廊尽头的房间被用作库房,靠墙的柜子、桌子和巴基斯坦机织地毯上都堆满了各式各样的绣品。

不同于绝大部分阿富汗男性,阿卜杜拉非常喜欢下厨,也以自己的厨艺为傲。他不止一次对我说:"对烹饪的热爱才是最重要的一味调料。"
2016.12

进口自巴基斯坦的彩色丝线
2016.12

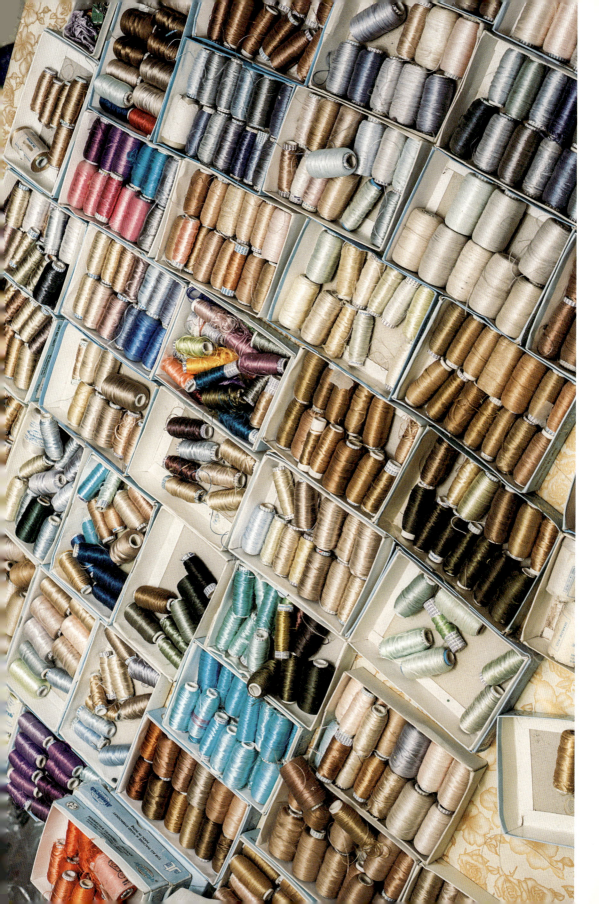

下午两点，不大的起居室里挤满了人，22位全职女工沿着墙边坐在地垫上，7位男性员工也破天荒地与女工共处一室，他们挤在门口的空地上，或蹲或坐在房间的入口处，瑞吉娜夫妇则坐在了男女工的中间。

一阵短暂的沉默后，瑞吉娜开口了：

"今天，我要宣布一个艰难的决定。在过去的两年中，我每天都做好了面对这一刻的心理准备，但依然，老实说，依然很艰难。14年了，时间过得可真快啊，莎克拉，潘多，你们都是绣坊刚成立就在这里工作的老员工，我们在这里一起为了坎大哈的女人而努力，你们见证了这里的成长，这里也见证着你们的改变。'坎大哈珍宝'的绣品被公认是阿富汗最好的，在美国、欧洲，人们说我们的刺绣是'艺术品'，我相信大家也都是带着创作艺术品的精神来缝制每一件绣品的。

"可两年前，美国人走了，我们的危机来了。美国人在15年前入侵了我们的国家，带来了很多问题，在美国人攻击塔利班或塔利班攻击美国人的战斗中，我们身边有很多人被误杀，我们永远地失去了自己的亲人和朋友；但同时，也是因为他们——那些不期而至的外国人，'坎大哈珍宝'才能存活下去，那时每个月超过7成的绣品，都被结束服役的美军买走，作为纪念品带回国送给家人和朋友。

"可他们如今已经不在这里。我们挣扎过，我挣扎过，我的家人已经借给了我一万多美元来填补绣坊的亏空。一年前，我妹妹劝我应该就此放手，可我总是觉得，也许明天就会时来运转呢？

"我恨我接下来要说的话，从某种角度来说，"瑞吉娜哽咽着宣布，"'坎大哈珍宝'要停业了。在座的29个人中，以绣坊目前的经济情况，只能负担8个人继续留在绣坊工作，让这儿继续运营下去。"

一些完全以绣坊薪水为生的寡妇再也忍不住，用围巾捂着脸，呜呜地小声哭了出来。

生于坎大哈：商人瑞吉娜·哈米迪 | 75

瑞吉娜的发言多次因悲伤而不得不停止
2016.12

"安拉让我们相识,让我们一起工作。我相信安拉也会指引我们找到方法,让'坎大哈珍宝'以另一种方式来继续。我的姐妹兄弟们,我们早已是一家人。"

女工们从垫子上站了起来,三三两两地结伴离开,瑞吉娜和丈夫对视着,阿卜杜拉轻轻地抚摸着她的肩膀,她则回以艰难的苦笑。

22位女工中有17位是寡妇,他们的丈夫因战争或疾病离世,绣坊的收入是她们唯一的经济来源
2016.12

逃 离

一天早晨，瑞吉娜的母亲在院子里发现了一张用石头压住的纸条，上面写着——如果再让我们看到你们的几个女儿去学校，那就别指望她们有好看的脸了。

1747 年，普什图人艾哈迈德在坎大哈建立了杜兰尼王朝，阿富汗在历史上第一次成为独立的国家。他们在各自部落的法规下平静地生活着，直到有一天，外国人来了。

先是英国人，他们将茶达里从南亚次大陆带到这里。他们发动了三次英阿战争，屡战屡败，损失惨重，只不过因为战死的士兵是印度人，一直没有得到西方世界的重视。在第二次英阿战争后，他们对骁勇的普什图人心生畏惧，因此用"杜兰德线"[1]将普什图人的聚居区——现阿富汗和巴基斯坦接壤的数万平方公里一分为二，至今那里依然是全球著名的"三不管"地带，复杂的历史原因使那里的国境线形同虚设。

然后是苏联人，他们又要求女人脱掉已成为她们传统服饰一部分的茶达里，还要她们上街去喊口号参加游行。

1981 年，苏军入侵阿富汗的第三个年头，时任财政部官员的古拉姆·哈米迪拒绝为苏联人工作。为了躲避迫害，他带着一家人——包括 4 岁的瑞吉娜，躲避着沿路设卡的土匪与军阀，沿着勒基斯坦沙漠[2]的边缘，穿过一个又一个山脉之间的小村落，跨越了"杜兰德线"，逃到了 200 多公里以外的奎达。到达后，一家人不禁抱头痛哭，小瑞吉娜虽不知道发生了什么事，但看着父母和三个姐姐悲戚的样子，她也抱着妈妈的大腿，跟着哭了起来。

---

1 杜兰德线（Durand Line），指巴基斯坦和阿富汗长达 2640 公里的边界分界线，以当时的英属印度政府外务大臣莫蒂默·杜兰德的名字命名。

2 勒基斯坦沙漠（Leqisitan Dessert），坎大哈西南的沙漠地区。

生于坎大哈：商人瑞吉娜·哈米迪

奎达街景
2010.08

奎达，于1893年被"杜兰德线"划入巴基斯坦境内。而不管在阿富汗还是巴基斯坦，普什图人都遵从普什图瓦里[1]，他们称之为"生存的法典"。流传千年的普什图瓦里以名誉为基石，主要由11项行为准则组成：名誉高于生命、自尊与自傲、以血还血的复仇、坚定的信仰、对部落的忠诚、对生命的恭敬、保护家人和财产、关心弱者、盛情款待来客、为所有人（哪怕是敌对方）提供庇佑、不惜一切代价保护女性以及部落的每一寸土地。普什图诗人加尼汗用这样一首诗来形容自己的族人：

> 他们是你最忠实的朋友，也是让你闻风丧胆的敌人。
> 他们是世界上最骁勇的斗士，但绝不是优秀的士兵，因为他们无法忍受被别人操控。
> 他们品性中有极其纯良的一面，但从不轻易示人，因为同族会认为那是一种软弱。
> 他们口袋里也许空空如也，但却始终傲视一切。

有人将纳莫斯（不惜一切代价保护女性，避免她们受到伤害）理解为"接受教育会让女人失控"，他们担心女孩读书识字后，就会知道这世界有多广阔，就不会再遮住自己的脸，就会问很多他们回答不出的问题。

古拉姆认为那么想的人都是笨蛋，在他的心中，男孩上学是教育了一个人，而女孩上学则是教育了一家人。在瑞吉娜8岁的时候，父母把她送到一所私立学校，最初两年还算顺利，直到瑞吉娜快11岁时，她的身体开始发育，这时麻烦也跟着来了。

一天早晨，瑞吉娜的母亲在院子里发现了一张用石头压住的纸条，上面写着——如果再让我们看到你们的几个女儿去学校，那就别指望她们有好看的脸了。

必须要在女儿受教育和被硫酸毁容之间做出选择的话，瑞吉娜的父母迅速对恐吓者表明了态度，再也没有让他们的任何一个女儿去过学校。幸运的是，三个月后，瑞吉娜一家的避难申请终于被美国政府

---

[1] 普什图瓦里（Pashtunwali），是一种普什图人口口相传的道德规范和生活方式，也是普什图人的法律和管理体系。

批准，他们要离开了。

刚到美国时，瑞吉娜几乎不会说英语，她自小就穿着沙瓦尔卡米兹，从未拥有过任何现代西方服饰。瑞吉娜第一次喝到可口可乐时，整个人都被嘴里那种带着气泡的甜味俘虏了，她小心翼翼地抱着玻璃瓶，一小口一小口地喝着，直到所有的二氧化碳挥发完，在瓶子的收腰处下方，还有小半瓶深棕色的液体。

古拉姆对这个与故乡有着完全不同文化传统的地方无所适从，他起初不允许几个女儿穿露出胳膊的短袖，连领口的高低也要亲自检查一番。经过不算太长的适应期，他接受了妻子的建议——既来之则安之，让女儿们自己选择想成为什么样的人吧。

几年后，瑞吉娜以优异的成绩考上了弗吉尼亚大学，这所学校用其延续了150年的荣誉制度[1]将她浸润四年，最后授予她性别研究和宗教研究的双学位。通过对宗教的学习与研究，瑞吉娜对信仰有了自己的理解，曾有过的疑问一一被解答后，她心甘情愿地、也是平生中第一次用头巾遮住了头发。与此同时，她称自己是一个女权主义者。我问她对女权主义者的定义是什么，她回答道："如果给女性以机会，我相信她们绝对可以把事情做得和男人一样，甚至有时候比他们做得要更好。"

---

[1] 弗吉尼亚大学以荣誉制度（The honor system）为基石。在每次考试中，学生都需要将这句话抄写在试卷的开头处——"On my honor as a student, I have neither given nor received aid on this assignment/examination（我以我作为学生的名誉保证，在这次考试中我没有给予或要求任何作弊行为）"。

归 来

> 在她眼中，无论是这些绣品，还是一针一针在自己的膝盖上绣出它们的女人，都是坎大哈最珍贵的、应该被人看到和珍视的瑰宝。

2001年，美国政府以"9·11"事件为由入侵阿富汗，整个世界也因此把注意力聚焦在那里，突然间这个中亚小国成了世界上各大新闻媒体的报道焦点。对于瑞吉娜，阿富汗是她出生的地方，是她的祖国，冥冥之中，她感觉到自己被故乡召唤，也被那里的人们召唤着。

第二年年中，瑞吉娜和她的父亲——家中两个最具有"探险基因"的人，一起去了坎大哈。他们从美国经阿联酋飞到巴基斯坦，再由卡拉奇出发，经过几十小时的公路旅行，才回到这个一别十余载、已经记忆模糊的故乡。黄土，废墟，贫穷，还有跟在男人身后、穿着茶达里的小心翼翼的女人。几十年的战争几乎打光了所有文明的痕迹，眼前的一切，远比瑞吉娜在媒体上看到的更为触目惊心。

尤其是茶达里，那些宽松的、脱了线的、沾着油渍、带着烟火气味的蒙面长袍。她看向茶达里下的一双双脚，有大有小，各种颜色的鞋，连塔利班曾经禁止的白色也有，这些脚每一步都迈得小心谨慎，每一步也都带起一片灰尘。即使做好了一万分的心理准备，她依然被眼前一万零一分的真实景象所击溃——穿上这种东西，真的可以呼吸吗？

(上)坎大哈街头,刚从出租车中走下的两个身穿荼达里的女人
2018.03

(下)这样光明正大地露出涂了指甲油的脚,在塔利班执政时期可就摊上事儿了
2018.03

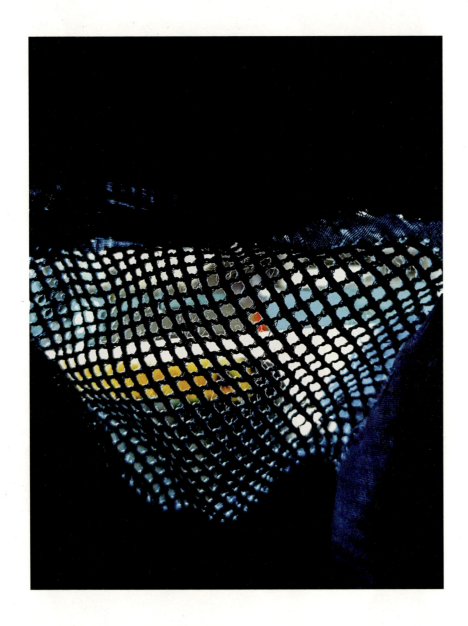

2018年1月20日,喀布尔的洲际酒店被塔利班袭击,43人死亡,其中有12名卡姆航空的外籍机组人员,以致喀布尔—费扎巴德的航线因无人执飞而停航至今。笔者不得不在朋友的帮助下,穿上茶达里从喀布尔坐夜班大巴前往巴达赫尚,图为笔者所穿茶达里的眼部网格
2018.03

这时的阿富汗百废待兴，对所有外国人敞开怀抱。25 岁的瑞吉娜，一个从阳光灿烂的和平世界前来的美国人、一个天真而热烈的理想主义者，在父亲的支持下，很快就与阿富汗民间救助机构签订了工作合同。她认为 6 个月的时间足够改变这里女人的生活方式："我会让她们明白女性的权利，我会让她们去上学。"

在坎大哈生活了一段时间后，戴着头巾、身穿沙瓦尔卡米兹的瑞吉娜看上去与其他普什图女孩并无太大不同了。但私下里，她依然像美国人一样生活，那个在华盛顿机场称重时足有 30 公斤的大箱子里，装着各种现代生活用品——牙线、防晒霜、成堆的营养片、女性护理用品和半箱子零食。

瑞吉娜没多久就意识到，原来的想法蠢透了，她竟以为自己用 6 个月的时间就可以成为拯救坎大哈女性的"马拉莱[1]"。不过她依然有无穷无尽的热情，跑了十几户人家，终于说动了几个寡妇到救助机构内的绣坊来工作，月薪 2500 阿富汗尼，比很多男人挣得还多，够买好几百个馕了。

坎大哈一带的女人从四五岁时，就看着自己的女性长辈亲属刺绣，当她们到了需要戴上头巾的年龄（月经初潮前后），就不再需要指导，可以独立完成一整幅绣样了。在打扫屋子、洗衣服、做饭、照料一家老小之余，她们坐在院子里，在阳光下，一针针地把自己的感触和希望绣入布料之中。当地人称这种刺绣为"卡玛克[2]"，它以丝线为原料，用极其细密的针脚绣出各种几何图形。成年男性卡米兹胸前的整片"卡玛克"需要熟练女工大约 6 个月的工时，每个不到指甲盖 1/2 大小的绣块中，至少需要下针 80 次。它是坎大哈乃至整个阿富汗顶级手工艺的代名词，是英国皇家纺织工业协会[3]认定的世界上最好的刺绣之一。

---

1 马拉莱，全名马拉莱·安娜（Malalai Anna），阿富汗民族英雄。马拉莱·安娜出生于坎大哈西北 50 公里的梅万德，在第二次英阿战争中的梅万德战役，她是阿富汗最终取胜的关键。

2 卡玛克（Khamak），一种针脚细密、闻名世界的双面刺绣工艺。

3 英国皇家纺织工业协会，是纺织业的权威机构，也是世界纺织大会的组织者。

生于坎大哈：商人瑞吉娜·哈米迪

成年男性卡米兹胸前有一千多个
"卡玛克"绣块
2016.12

一条"卡玛克"围巾
2018.03

塔利班执政时期，当权者深受瓦哈比教派影响，执行一种将普什图瓦里与激进的德奥班德派伊斯兰教法结合的律例。他们禁止一切被认定有悖于教法的行为，比如禁止进口磁带、游戏机和高跟鞋，男人要留像胡萝卜一样长的胡子。针对女人的禁律更多——不许上学，不许工作，不许化妆，不许在没有男性亲属陪伴时独自外出，如有违反者，任何人都可以上前斥责，甚至打骂。在这样的情形下，用以刺绣的布料和绣针越来越难以在市面上看到，"卡玛克"绣艺几近绝迹。

为绣坊工作可以挣到很多钱的消息，在女工们第一次拿到薪水时就传遍了整个坎大哈。在带着绣样前来应聘的女人中，因战争或疾病而成为寡妇的占了一多半，其他都是40岁以上的女人，她们容颜老去，再无姿色，丈夫不再担心她们会被人拐跑，故而她们有了更多的自由。这些应聘者还会帮自己的邻居带绣样、捎口信——那些有着好手艺的女孩，或者年轻的媳妇，家人担心她们外出会引来邻居的闲言碎语，也担心会引起塔利班的注意，所以依然不允许她们出去工作，但穷总归是不争的事实，最终就想出了在家工作这样折中的法子。

女工的薪水根据刺绣品的品质和工艺的难易程度来划定。这种缝有钉珠的绣块是典型的库奇风格，与"卡玛克"相比，耗时短，对刺绣工艺水平的要求也较低
2016.12

阿富汗手工包，圆形亮片和对称刺绣，是典型的库奇风格

几个寒暑过去了,坎大哈人紧绷的神经一点点松弛下来。如果得到家人的允许,女孩子也可以去上学了。街上甚至开始看到脱掉茶达里的女人,她们仍会用一条大围巾把脸部蒙得严严实实,但没有了横挡在眼前的长方形的细密网格,这个世界看起来是那么明亮清晰。

25 岁的坎大哈女孩法瑞莎塔
选择对茶达里说"不"
2017.01

2008年，瑞吉娜续签的第三份合同又一次到期，救助机构也即将停止对绣坊的财政支持。大多数亲朋好友都认为她已经做了很多，是时候回到美国去做一个普通人了。唯一支持瑞吉娜留下的是她的父亲，她全面接管了绣坊，成为坎大哈第一位女商人。她为绣坊注册了一个公司，起名为"坎大哈珍宝"，在她眼中，无论是这些绣品，还是一针一针在自己的膝盖上绣出它们的女人，都是坎大哈最珍贵的、应该被人看到和珍视的瑰宝。从2008年成立至今，这个小小的绣坊累计帮助了400名女性，除了30多个全职员工，其余的都是在家工作，领计件薪水的兼职女工。

无论全职、兼职，瑞吉娜对每一个人女工做了家访，这些处于社会最底层的女人的声音太过微弱，整个社会无人在意。她们用刺绣的工钱养着自己，养着孩子甚至她们的父兄嫂侄。绣坊付给她们的钱，说是救命钱也不为过。

瑞吉娜说："我从没考虑过在阿富汗做慈善。很多国际援助组织在这里毫无章法地花钱，这是一种只能制造乞丐的慈善。授人以鱼不如授人以渔，给人一份工作，让其用汗水换来重建自己生活的机会，他们才会倍加珍惜。当女人可以挣钱时，她们会拥有远远超出自己想象的力量。"

坎大哈的电力供应能力远不如喀布尔，这里绝大多数人用蜡烛照明、用5公斤的小号煤气罐煮饭，电力对他们，只是一天充一次非智能手机的非刚性需求；但对于绣坊来说，工作间里的4台专业电动缝纫机以及手工房里极其费眼的刺绣工作，都离不开电，外国援助机构在几年前送了两台高级发电机给绣坊，但每天30美元的油钱，也是一笔不小的开销。

"坎大哈珍宝"中有一位名叫莎克拉的元老级绣工，已在这里工作了14年。绣坊成立的第4年，莎克拉21岁，瑞吉娜见到邻居帮她递交的绣样时，被简洁别致的设计和细密整齐的针脚所打动，当即决定将莎克拉的绣品定为最好的A+品级。莎克拉开始为绣坊做兼职，用每天做完家务活的空闲时间，将一块块绣坊提供的棉布变成

（上）两个刚刚送完绣品的兼职女工
2017.01

（下）女工正在为围巾结穗
2018.03

了艺术品。

如果将时间拉回到35年前，也就是瑞吉娜抵达奎达的第二年，在距离她430公里之外，阿富汗赫尔曼德省的桑金镇西面的一间夯土房中，一个产妇经历了几十个小时的阵痛后成功分娩。她的丈夫一听是女婴，连屋都没进就转身离开了。这个女婴出生很久以后，他才不咸不淡地说："安拉让她诞生，那就叫她莎克拉[1]吧。"

莎克拉有六个兄弟姐妹，她在家中排行老三。帕代尔在小镇上的果蔬摊，是全家唯一的收入来源。莎克拉没上过学，连自己的名字都不知道怎么写；可她天生对数字十分敏感，小小年纪算起账来，比读完小学的大哥还要快很多。帕代尔每次到坎大哈进水果和蔬菜时，都喜欢带着这个女儿一同前往，小贩每次算到一半时，她就可以告诉帕代尔正确的金额了。

苏联军队的入侵打破了桑金镇的平静生活。部落里的男人，在乳牙还没掉光时就跟着父辈背诵普什图瓦里，抵抗外敌是一种信仰，早已融入他们的血液中。普什图人面对侵略者毫无惧意，奋起反击，几年后苏联人被赶走了。可战争没有结束，由不同境外势力支持的各个派系又开始自相残杀，一刀，一枪，一枚火箭弹，几十万人的血湿透了脚下的土地，苏联人的，阿富汗人的。但血液与血液不会争斗，无论他们的民族、人种、国籍，最终都汇合在了一起。

苏军入侵时没有被毁掉的房子，在内战中也大多被流弹击中了。莎克拉对黄头发蓝眼珠的苏联人没有太多的印象，可她记得在游击队混战时的躲藏，不停地躲藏，从一个房子到另一个房子；以及不停地逃跑，逃离子弹、火箭弹和炸弹，逃离疯了一样互相射击的人们。

一家人最终去了坎大哈，相比战火纷飞的小镇，城市总是会有稍稍安全一点的地方。莎克拉对于童年的记忆并不那么清晰，她只记得搬到坎大哈没多久，塔利班好像突然就出现了。

[1] 在普什图语中，"莎克拉"意为感激的。

生于坎大哈：商人瑞吉娜·哈米迪 | 97

所有店主都是男性的女人巴扎，
是整个坎大哈可以看到最多女人
的地方
2018.03

刚开始出现的塔利布[1]，头系洁白长巾，身穿洁白长袍，他们让坎大哈的枪炮声不再响起，可他们也不让女人在没有男性亲属的陪同下单独出门。从那以后的近10年中，包括塔利班下台后的头两年，莎克拉都没有去过离家一公里之外的地方，她每天不是帮玛代尔做家务，就是拿着针在布料上绣啊，绣啊，用6个月绣完帕代尔的卡米兹，接下来再用6个月绣哥哥的……直到好心的邻居婶婶把她的绣样交给了瑞吉娜。

1 塔利布（Talib），阿富汗人对塔利班成员的称呼。

第二次去绣坊时，因大量"卡玛克"绣品积压在库房中，莎克拉也开始缝制对手工艺要求稍低的库奇风格靠垫套，它的价格相对便宜，也更容易在市场上销售
2018.03

莎克拉在家工作了一年后，瑞吉娜去了她家做家访，她感受到这个女孩的抑郁和不快乐，便提出付给她最高的月薪，让她来绣坊做全职。莎克拉的兼职收入是家中唯一的经济来源。她的帕代尔，那个曾经的小贩已垂垂老矣，再也无力推动他推了一辈子的两轮小车了。他到绣坊考察了一番，最后同意女儿来这里工作。

在绝大多数阿富汗男人的眼中，莎克拉不算美人，她没有白皙光滑的皮肤，看上去体型还有些臃肿，也曾有人上门提亲，但都被她的的帕代尔一一回绝了。莎克拉很久以后才知道，自己还有过几个求婚者，但她对他们一无所知，毕竟在这里，大部分人都是在订婚仪式上，才第一次见到自己的丈夫或妻子。

大部分普什图人认为，如果嫁女儿时不向男方要上一大笔钱，就意味着他们的女儿不值钱，就不会被珍惜。如果娶亲的人愿意出60万阿富汗尼的彩礼，那么妻子日后就不会被虐待甚至被杀掉，因为再婚时，男人要拿出比娶第一个老婆更多的彩礼钱，"很不划算"。人们相信巨额彩礼是一种对女儿的保障，娶妻花掉一个家庭多年的积蓄，就像买到一辆新车，或一部最新款的带着塑料封膜的智能手机，为此花钱越多，女儿才能被越好地爱护。但如果只是买一辆二手车或一部便宜的手机，那么即使撞坏了、摔碎了也不心疼，反正便宜，再买就是了。

莎克拉的帕代尔虽然是个文盲，却相信用自己的女儿换钱是一种罪过。在其他两个女儿嫁人时，这位老人前卫地表示——"不要彩礼"。

"然而，她们虽然没有挨打，但也过得并不幸福。"莎克拉这么评价姐姐们的婚姻。

莎克拉已不想结婚，也不可能有一个条件合适的未婚男人愿意娶一个35岁"高龄"[1]的女人。比起嫁给一个丧偶的穷老汉，冒着被殴打、当奴隶一样使唤的风险，莎克拉更愿意像现在一样生活——她每个月有6000阿富汗尼的薪水，是全家收入最高的人，她说的每一句话别

---

[1] 在阿富汗，女性合法结婚年龄为16岁。但20%的阿富汗女性在15岁之前结婚，有超过一半的阿富汗女性在18岁之前结婚，35岁的未婚女性很罕见。

莎克拉说,在她的家乡桑金,部落里的女人都如她这般用头巾包住脸部,只露出一只眼睛,有的人还会用嘴巴紧紧咬住头巾
2016.12

人都会听,家里的每个人都尊重她。因为她有钱,所以可以为自己做任何决定。

"如果我没钱没工作,所有人都可以对我发号施令。现在,他们已当我是个'男人'。"在如今的阿富汗,"是个男人"是对女人的一种恭维。

"你问我从'坎大哈珍宝'得到了什么?勇气。曾经的我很胆小,不敢自己出门,也不敢和别人说话。但现在我敢去任何地方,从一个城市到另一个城市,即使让我出国,我也无所畏惧。"

数百人的祈祷

无论死去的是塔利班、阿富汗政府军还是外国人，都意味着在这个世界中，有一个姐妹永远失去了她的兄弟，有一个女儿永远失去了她的父亲，有一个母亲永远失去了她的儿子，以及有一个妻子永远失去了她的丈夫。

在坎大哈，大多数女人并不知道自己的声音可以被人听见，她们也从没想过，在自己的居住区之外，在坎大哈这个城市之外，在阿富汗这个国家之外，在整个世界范围内，会有谁愿意倾听她们的心声。所以当她们痛苦、无奈时，作为虔诚的信徒，她们最好且唯一的选择，就是向安拉祈祷，祈祷安拉可以在全世界穆斯林信徒的祈祷声中，听到自己的声音。

10年前的3月8日，瑞吉娜把社区里的几百个女人聚集在一起，有人甚至带来了刚出生不久的婴儿。她们穿着各种颜色的茶达里，每个人的头上都盖着一块象征和平的淡蓝色头巾。瑞吉娜坐在她们中间，与她们一起祈祷和平。她们希望这个世界知道，阿富汗女人在用她们自己的方式表达对和平的渴求。因为她们悲伤地发现，自己国家的男人，无论是政客、商人，还是普通平民，似乎都没有尽最大的努力去争取它。

当奥巴马赢得美国大选时，有个名叫法蒂玛的女工很高兴，她说在电视上看了奥巴马的竞选演讲，他承诺当选总统后会为这个世界带来更多的和平。法蒂玛相信了，这么大的人物，在电视上公开许诺，怎么会说话不算数呢？

茶达里下,是一张祈祷和平的脸
2016.12

"可他当选不久，我又在电视上看见他说，他决定向阿富汗继续增兵。"法蒂玛根本搞不明白，"可是派遣更多的士兵对我来说，就意味着会有更多的人死去啊。这怎么能为世界带来和平？难道阿富汗是独立于他所说的那个'世界'之外的吗？"

"每天当我的家人出门时，我都做好了心理准备，也许他不会再回来了。"这是法蒂玛的心声，也是无数阿富汗女人的心声。

瑞吉娜是美国人，也是阿富汗人，这种复杂的身份让她无法理解美国增兵的目的。

"是为了阿富汗的和平吗？如果这是他们的目的，那么很明显，过去的十几年已经证明，这种做法是无效的。我是阿富汗人，我也是美国人，美国政府说派这些士兵来阿富汗是为了消灭塔利班。但这里真实的情况却是，因此而死去的平民远比塔利班更多；普通人在夹缝中艰难地生存着，稍有不慎便有性命之忧。塔利班会趁夜里来到某一个村子，索要食物和借宿的地方，手无寸铁的平民无法说不。当美国人得知这个村子有塔利班，一个导弹就过来了，导弹分不清谁是普通人谁不是，在它的攻击范围内，所有人都被炸死了。"

数不清的阿富汗平民在战争中死去，但国际媒体上鲜少见到关于他们的详细报道，他们无足轻重，甚至没有名字，只是"死者之一"，没有人给他们拍电影，对着他们贴着冰冷身体的内兜里放着的妻儿照片给大特写，没有人想过他们也有梦想，也有过相似又不同的一生。

"当有人死去，无论他是塔利班还是无辜的平民，对活着的人来说，都意味着一个阿富汗人被一个美国人杀死了，所以每死掉一个人，就可能有十个平民转变成十个厌恶美国的人；而另一方面，无论死去的是塔利班、阿富汗政府军还是外国人，都意味着在这个世界中，有一个姐妹永远失去了她的兄弟，有一个女儿永远失去了她的父亲，有一个母亲永远失去了她的儿子，以及有一个妻子永远失去了她的丈夫。"

我的父亲古拉姆·哈米迪

我怎么会忘呢，在市长办公室外的走廊，他被一个将炸弹藏在图尔班头巾里的家伙炸死了。没人知道是谁雇了他，又或者他属于什么组织，我只知道，从那天起，我永远失去了我的父亲。

从坎大哈机场到绣坊的路上，会经过一个花园广场，树荫间的人行步道上有一些小贩席地而坐，我的司机阿塔尔是本地人，他说上一任市长在城里种了很多花，4月时花开满城，粉玫瑰、波斯菊还有白茉莉，那是坎大哈最美的时节。

我想象着那时的花团锦簇，即便在不同季节中来了这么多次阿富汗，那般景象我都从没在喀布尔见过。司机咂了咂嘴："不过那位市长几年前被自杀式炸弹炸死了。他在任时，人们都在抱怨，说他到处拆来搞去，是美国人和卡尔扎伊[1]的傀儡，是个表里不一的两面派；可他死后人们又开始缅怀，说要不是他，再过10年，坎大哈也见不到柏油马路和太阳能路灯。"

"那位市长叫什么名字？"

"古拉姆·海德尔·哈米迪。就是你去的这家绣坊的老板瑞吉娜·哈米迪的父亲。"

返回阿富汗前，古拉姆在美国弗吉尼亚州亚历山大市的一家旅行社中做了20年会计。这对一个毕业于喀布尔大学金融系并在阿富汗财政部工作了13年的人来说，是一份轻松又惬意的工作。在旅行社，同事们叫他亨利，也许是因为42岁才来美国，他并不怎么相信计算

---

1 卡尔扎伊，全名为哈米德·卡尔扎伊（Hamid Karzai），阿富汗前总统。

一个拿着馕的小伙子正走过古拉姆任坎大哈市市长时期安装的太阳能路灯 2017.01

器，总觉得按几下键盘就能得出来的数字不如自己亲手计算的准确。

2001 年底，同事们都在谈论着"9·11"和军队入侵阿富汗，没有人知道他们身边的老会计，这个愤怒时说的最过火的也只是"跟我的鞋去说话"的人，竟是阿富汗临时总统卡尔扎伊的世交好友；同事们更不知道，卡尔扎伊还给亨利打了电话，请他回到阿富汗在新政府任职："选一个你觉得适合的职位，比如海关总署的署长或是任何你看得上眼的。"古拉姆思前想后，还是因家人的强烈反对谢绝了对方的邀请。在那之后的 6 年里，他继续着朝九晚五的生活，做着旅行社里彬彬有礼、被人喜爱的老亨利。

卡尔扎伊第二次向古拉姆抛出橄榄枝时，已经在坎大哈工作三年的瑞吉娜给予了父亲来自家庭成员的唯一支持，就像当年他支持她留在坎大哈一样。"我只是认为他应该去体验一些新的东西。"

古拉姆说海关总署是个藏污纳垢的地方，有太多的腐败，他更愿意回到出生的城市，利用在美国生活了十几年的经验重建坎大哈，卡尔扎伊欣然同意，委任他做市长。

在古拉姆的记忆里，坎大哈是贫穷的，但还没有破败到眼前这般田地：每条马路大同小异——比月球表面还坑洼，主街上尘土飞扬，穿着破烂的小孩穿梭在人群中，瘦弱的脖子上挂着木托盘，里面放着口香糖，沿街叫卖。小巷两旁的排水沟淌着黑水，里面的垃圾像是几十年都没有清理过，一到春天整个城市臭气熏天。

古拉姆还记得市政府后面的空地曾是孩子们的"游乐场"，自己和兄弟还在那儿赛过风筝，可如今几十座夯土房堆在上面，就这么成了简陋的市集，几十个铺位，月租金 5000 阿富汗尼，钱全都进了一位大军阀的口袋。正规市集也好不到哪里去，店主霸占着门前的人行步道，铝壶、扫帚、廉价的小商品货堆满了狭窄的走道，行人不得不走在马路上，车开不起来，还不时因为剐蹭一堵就是几个小时。

如今改头换面的坎大哈街头
2018.03

一头白发、鼻梁架着半框茶色眼镜是古拉姆的标配，他很少像其他阿富汗官员那样穿西服，总是喜欢穿着一身熨烫平整的沙瓦尔卡米兹，或白或灰。古拉姆说英语速度飞快，但不像瑞吉娜那样带有明显的美式口音，不过因为他在美国生活了近20年，当地人还是喜欢叫他"美国市长"。"美国市长"坚持向商铺收税，拆掉人行道上的违章建筑，在路旁立起围栏，引导行人过马路时走新画的斑马线。他还要求地产商在新建的项目中规划出停车位和公用卫生间。"厕所一天才用几次？多盖几栋房子不比这个更重要？"那些人嘀咕着，都说这样做完全是浪费面积。

"我今年64岁了。我生于这个国家，它给了我很多幸福的回忆。这个国家付钱让我读了大学，接受了高等教育，我欠这个国家的，如果因为反对腐败而被杀害，我死也无怨。"

这个看起来和气的老人并没有做个和气的市长，短短三年，古拉姆树敌无数，他的强硬做派激怒了很多既得利益者，第一次暗杀来了。

炸弹被提前放在他开车去市政府的路线上，在他经过时被引爆，他虽然被炸伤，但性命无忧。有人给他捎口信儿，乖乖收钱后睁一只眼闭一只眼，做个"正常的"政府官员，他直接把带话者轰了出去。紧跟着就来了第二次暗杀，两个副市长遇害，古拉姆再次逃过一劫。这两次暗杀使瑞吉娜改变了立场，她不再支持他留下来，而是与自己的6个兄弟姐妹结成统一战线，要他迅速回美国。

"是人，就会死。在美国，因为车祸、因为癌症死去；在阿富汗，因为子弹、因为爆炸死去。这又有什么区别呢？别担心，只有安拉才能带走我。"他顿了顿，"我也许有100个敌人，但我所做的事可以让坎大哈75万人过上好日子。"

瑞吉娜在之后的几个星期都拒绝和他说话，还发短信请他不要再来绣坊，那里每天几十个人来来去去，暗杀者会把炸弹安放在任何市长常去的地方，她必须替绣坊里的人考虑。

2011年4月,省警察厅厅长死于自杀式炸弹袭击;7月初,总统的弟弟死在贴身保镖枪下。局势越来越坏,古拉姆的大儿子本来要在第二年7月结婚,他和儿子商量,把婚期提前到当年年底。几乎每个礼拜政府中都有人被杀死,他似乎感觉到生命倒计时的声音在耳边响起,"嘀嗒,嘀嗒"。

"第27天,2011年的7月。"瑞吉娜坐在我对面,目光短暂地失了焦,声音也放轻到如低语呢喃,"我怎么会忘呢,在市长办公室外的走廊,他被一个将炸弹藏在图尔班头巾里的家伙炸死了。没人知道是谁雇了他,又或者他属于什么组织,我只知道,从那天起,我永远失去了我的父亲。"

绣坊的员工带笔者去古拉姆·海德尔·哈米迪墓前祭拜
2018.03

"似乎想为这个国家做好事的人都无法逃脱被惩罚的命运,他们或者被杀死,或者因无法承担越来越致命的压力而被迫离开。曾有那么一段时间,我无法入睡,我一夜一夜地睁着眼睛,进入无边的黑暗,依稀又看到他躺在太平间,他们用白布盖住了他的大半个身体,他的脚趾露在外面,如在世时一般洁净。我责备自己,我的错,都是我的错。我是家中唯一支持他回到阿富汗的人,否则他依然只是个生活在美国的平凡老人。"

古拉姆刚回到坎大哈时,政府那年的税收只有 300 万阿富汗尼,城市中也只有 4 公里的柏油路。而他去世的那年,政府税收达到了 2.7 亿阿富汗尼,柏油路总长度约为 37 公里。

他曾不断对别人说着自己对吉哈德[1]的理解,"与腐败以及搞腐败的那些人战斗至死,这就是我的吉哈德。"

儿子的婚礼,他最终还是未能出席。

---

[1] 吉哈德(Jihad),指"以言语、财产和生命为主道奋斗;为捍卫宗教信仰、生命财产、领土不被侵略而抗争"。西方将"Jihad"意译为"圣战(Holy War)",在某种程度上是断章取义的。

我的女儿萨拉

萨拉在电视上看到这个新闻后对我说:"妈妈,我们把她们的孩子接到家里来吧,他们再也没有妈妈了,我很难过。"

瑞吉娜发现自己怀孕时,绣坊并没有完全实现规范化经营,每天都有附近村子的女人拿着绣好的成品过来,虽然她已开始培养一个还算得力的助手,但当时还需要她在一旁监督,指导对方用国际标准来把控绣品质量。

此时坎大哈的安全局势,比她刚回来时紧张了很多,前几年女人只要包着头巾,穿着沙瓦尔卡米兹就可以出门;但如今,她终究还是违背了自己的原则,在出门时穿上了带着长方形细密网格的茶达里。

阿卜杜拉得知自己要做父亲时,虽然感觉妻子很有可能不会同意,还是提出希望她能回到美国待产,按时做产检,把孩子生下来后再回阿富汗。瑞吉娜不出所料地拒绝了:"绣坊这么忙,我实在走不开。我们身体健康,又一直在做好事,安拉会眷顾我们的。"

直到瑞吉娜的肚子大得已经让她看不见自己的双脚,脚又肿得看不见脚踝,无法久坐也不能久站时,她还想着在坎大哈的医院里把孩子生下来:"如果其他阿富汗女人都可以这么生,那么我也没问题。"

阿卜杜拉给瑞吉娜的妹妹打了电话:"瑞吉娜似乎根本没有意识到问题的严重性,她竟然想在坎大哈的医院生下我们的孩子。这里的公共病房那么脏,任何一个小问题,都可能变成性命攸关的大事。请你劝劝她吧,你这个姐姐太倔强,根本听不进我的话。"

第二天清晨,妹妹拨通了瑞吉娜的电话,几个姐妹轮番上阵,动之以情晓之以理,终于说服瑞吉娜放弃那不明智的想法,但此时她已经怀孕三十几周,再坐十多个小时的飞机回美国显然不太现实。她和阿卜杜拉商量后,两人决定去迪拜生产——从坎大哈到那里,只要飞三个小时。

在迪拜的美国医院中,为瑞吉娜接诊的是一位印度裔医生,她十分惊讶这个美国孕妇怎么如此胆大,怀孕8个月,竟然只做过一次产检。也许安拉真的对她格外眷顾,经过全面检查后,医生宣布他们即将拥有一个健康的女儿。阿富汗人喜欢甜食,且做菜多油,但瑞吉娜的身体十分健康,连孕妇很容易得的孕期糖尿病也没有。

像大多数女人一样,瑞吉娜生产时也经历了最初的阵痛。她满头大汗,在产床上喊着:"天啊,这简直是世界上最要命的事情!"助产士在一旁鼓励她:"宫口开到二指就可以用止痛泵了。"瑞吉娜又坚持了十多分钟,然后坚决地要求改剖腹产。不多时,一个湿漉漉、黏乎乎、带着血迹的小东西——他们的女儿萨拉出生了。

萨拉刚过完一岁生日没多久,那个被全球媒体报道的悲剧便发生了。瑞吉娜每天承受着巨大的痛苦,她每时每刻都在自责,无法再坦然地面对这座城市、这个国家。刚好那段时间绣坊的运营也上了正轨,于是一家三口就搬回了美国,每隔一段时间,夫妻俩才会回来处理一下绣坊的事务。

绣坊起居室的边桌上放着萨拉从出生到现在的照片
2018.03

所以，萨拉最初的记忆，不是坎大哈的夯土房、炸弹，也不是各种颜色的茶达里，而是弗吉尼亚州的蓝天、白云，婴儿床上的小熊维尼挂件，还有穿着漂亮的阿富汗传统长裙去参加聚会的美好时光。

在美国的家中，萨拉的爸爸与外祖母用普什图语交谈，他们也会用这种有一千多年历史的语言给小萨拉讲故事，讲述阿富汗人口口相传的古谚、诗歌和寓言。瑞吉娜更常与她说英语，赞美她画出的粉红色天空和5条腿的猫咪，让她知道有很多人无条件地深爱着她，她的生活中会有无数种可能。

直到两年前，由于瑞吉娜夫妇长期不在坎大哈，绣坊的运营出现了很大问题，大量绣品积压在仓库中，通过邮件发来的账目也一片混乱。绣坊需要瑞吉娜，可女儿也需要她。瑞吉娜与幼儿园老师进行了一次详谈。老师认为，对于一个5岁的孩子来说，在幼儿园除了玩，也没什么非做不可的事，去世界不同角落走走看看，对她的成长有利无弊。只有一点，在萨拉到了该上学的年龄时，最好将她送回发达国家接受教育。

于是，瑞吉娜又一次回来了。

电视台邀请萨拉去参加诺鲁孜新年演出
2018.3

罩袍之刺

在普什图语中，萨拉意为公主。

萨拉的确长得像个小公主，她有一头洋娃娃般的栗色自来卷发，皮肤如珍珠一样光滑，眼睛像猫咪的双眸一样明亮，睫毛浓密得就像两把小黑扇子，玫瑰色的嘴唇中永远会传来咯咯的笑声。瑞吉娜一家曾经在2015年到杭州参加国际纺织品大会，会议之余他们外出游览时，西湖边，断桥上，雷峰塔前，萨拉永远是众人目光的焦点。

"在中国，萨拉是个小红人，没有人在乎我和阿卜杜拉，大家都只想和她照相。"瑞吉娜笑着说。

"在杭州，她几乎和别人照了一百万张合影。"阿卜杜拉语气夸张，故意摆出一副严肃的表情。

"我应该让萨拉留在中国，在那儿做模特，她可以挣很多钱，我们还能靠这笔钱来维持绣坊的运营。"瑞吉娜摸着女儿的头发，充满爱意地问她，"亲爱的，你觉得这计划怎么样？"

瑞吉娜一家的合影
2018.03

"耶！"萨拉咯咯地笑着，"我没意见。"

我也笑了："真的吗？你不想去上学吗？"

"现在我们在家教她。"瑞吉娜看着女儿，"我们曾经把她送去公立学校，可坎大哈的冬天，没有阳光的房间十分阴冷，学校里又没有暖气，她去了以后咳个不停。最大的问题是，因为塔利班时期禁止女人上学，阿富汗有近10年的教育真空，这个国家的大多数女老师，包括萨拉学校里的老师都没有相关专业的学位文凭。我们又把她转到私立学校，那儿的条件虽然好一些，但也大同小异，她并不能学到什么新的东西。"

萨拉已经7岁，她的教育问题被提上日程。瑞吉娜刚刚接受了喀布尔一所国际学校的工作邀请，在为期一周的采访拍摄结束后，我们搭乘同一班飞机前往喀布尔，我从那里转机去巴达赫尚，她则去学校与董事会对合同细节进行进一步的商讨。

从绣坊出发时还远未破晓，我们似乎是整座城市为数不多的醒着的人。去机场会路过奥马尔清真寺，1996年以前，这儿曾是坎大哈电影院，瑞吉娜笑着说她的父母曾经抱着她来过这里，虽然她对那部人生中第一次看过的电影毫无印象。塔利班当政后，电影院被夷为平地，从地面往下3米的土壤也被认为是"不洁"的，被塔利布全挖了出来，五辆卡车往返城外十几趟才运完。

司机为了提神打开了广播，瑞吉娜听了一会儿问我："不知道你听说没有，在你来坎大哈的前几天，机场有4个女安检员被杀了。新闻里说目前依然没有任何组织宣布对此负责，但北方人已经有了结论——他们认为是塔利杀了这些'抛投露面'的女人。"

我回答道："刚到坎大哈那天，司机和我聊了一路这件事，他弟弟是警察，警察局的人说与塔利班无关。不久前有个女安检员从一个女人的随身行李中搜到了毒品，她的同伙为了报复，把接送女安检员的车辆从半路上拦下来，将车内的4个女安检员和开车的男司机全用

萨拉正在切的披萨,是阿卜杜拉带着她去坎大哈唯一一家披萨店买的。这天是跨年夜,对于阿富汗人只是平常的一天(这里新年是3月21日),但对萨拉,这是个吃着披萨、大叫着倒数的重要节日。父女俩出门不久后,绣坊外隐隐几声巨响,我下意识以为是鞭炮声,瑞吉娜却脸色大变,马上拿起手机给丈夫打电话——那不是鞭炮,而是爆炸声
2016.12

枪打死了。"

"不管因为什么，4个女人，很可能也是4个母亲就这么死了。萨拉在电视上看到这个新闻后对我说：'妈妈，我们把她们的孩子接到家里来吧，他们再也没有妈妈了，我很难过。'"瑞吉娜伤感地说："作为一个阿富汗人，从26岁到40岁，我把14年的时间都给了我的祖国、我出生的城市和这里的女人。我曾经以为我能为她们做的最好的事，就是为她们提供工作，给她们比市价更高的酬劳。但现在我意识到，我做的事对于1600万阿富汗女人来说，太微小了。除了绣坊的400位女工，我并没有改善其他女人的生活。她们中很多人依然没有工作，大部分人的命运依然是嫁给一个自己不认识的人，有很大可能被打、被虐待，或者就像这4个女安检员一样，以这样或那样的理由被人杀掉。也许有人很幸运，可以安度一生。但不幸的是，大多数女人就像商品，早早地被标好了价格。你也看到了，这里有多少人找不到工作，又有多少人一家老小都在饿肚子。"

"我把工作重心从绣坊转到做教育上，老实说也是有私心的——一方面是为了萨拉，这几年我亏欠她太多；另一方面我意识到，无论在哪里，受教育才是改变人生的最好方式。我在教育机构工作，就能向专业人士系统地学习如何做教育。那么以后，如果我真的像父亲一样从政，我也可以知道如何让阿富汗女人在部落法则允许的范围受教育，进而缓慢平和地改善她们的生活。"

我问："那个学校叫什么名字？"

"Mezan，意思是，一种平衡。"

03 / 生于喀布尔：

记者迪巴

不婚主义者

迪巴从一开始就知道沙伊德不想结婚，可每次他边吻着她边深情地低语"我爱你"时，迪巴认为自己可以改变他的想法就更加地坚定。他爱她，很爱她，只爱她，他只是暂时不想结婚。

喀布尔。这里是阿富汗的首都，一座有着3500年历史的古老城市。自豪的喀布里[1]在穿着打扮上与其他地区的人极不相同，是整个国家最"时髦"的，当然，也有格外保守的人，说这儿是全阿富汗最"没有羞耻感"的地方。

越来越多的女人出现在喀布尔街头，系着希贾卜[2]，年轻的女孩还会向邻国伊朗的摩登女郎一样，把发髻梳得高高的，让前额的头发从围巾中散落些出来。她们通常穿着及膝风衣，高跟鞋也不再是稀罕物，夏瑞诺[3]区的 Park Mall（公园购物中心）里，商铺的货架上陈列着各种高度的高跟鞋，不过齐膝靴子在这儿依然是新鲜货，要是有谁穿上了街，准会招来同性羡慕的目光以及异性带有各种意味的注意。与几年前相比，身穿蓝色茶达里的女人少了很多，如今喀布尔街头仍旧穿着茶达里的，大部分不是最保守的普什图族，就是乞丐，若想区别这两类人，看看她们茶达里的新旧整洁程度就可以了。

---

1 喀布里（Kabuli），达利语，意为喀布尔人。

2 希贾卜（Hijab），穆斯林女性用来包住头发、盖住整个脖颈的头巾。

3 夏瑞诺（Shar-E-Naw），达利语，意为新城。

罩袍之刺 | 126

喀布尔街景
2013.09

茶达里，尤其是蓝色的茶达里，似乎是阿富汗女人身上最引人注目的"标签"，但足够多的历史资料表明，这种只在眼部缝有细密网格的长袍，最早却出现于南亚次大陆上。英国人在19世纪初期把茶达里从英属印度引入阿富汗，告诉作为统治阶级的普什图人："用茶达里遮盖你的妃子，她们的美貌才不会为歹人所见。"

茶达里在阿富汗上流社会中迅速流行起来，女眷们身穿丝绸茶达里，上面有坎大哈妇人巧手绣出的整片"卡玛克"，她们养尊处优，散发着香味儿的茶达里纤尘不染，哪像现在，街上每一条茶达里的下摆全都是泥灰。

恐怕也没太多人知道，1919年，身穿茶达里的阿富汗女人，竟比大洋彼岸的美国女人更早一年获得了投票的权利。一年后，索拉亚王后在丈夫阿曼诺拉的授意下掀起茶达里，这也是近代史上第一次，阿富汗君主试图对茶达里说"不"。这种允许女人不把脸遮住的举动，惹恼了阿富汗真正的当权派——那些保守的部落首领们，经过几次密谋，他们齐心合力把国王赶下了台。

转眼到了1959年，总理穆罕默德·达乌德（Mohammed Daoud）和他的一众官员，带着他们没有穿着茶达里的女眷，一同出席了国庆典礼，当这些上流社会的女人穿着西方服饰的照片登在报纸头版时，喀布尔街头刮过一阵时髦的风。两年后达乌德再次呼吁，全国的女人都应该脱下茶达里，"摘或不摘，做你们想做的事"，他的话在报纸上被放得老大。

那时的喀布尔、马扎沙伊夫等北方大城市的街头，有很多穿着巴黎最新款时装的年轻女人，而在坎大哈省、赫尔曼德省、加兹尼省以及全国大部分更为保守的地区，女人们依然用茶达里、茶杜尔[1]或者其他衣物完全遮盖住自己裸露在外的皮肤，因为她们的玛代尔，玛代尔的玛代尔就是这么做的，"顺从是女人最好的品性"。

---

1 茶杜尔（Chardor），是一种稍经剪裁缝制的半圆形布料，从头部披到身前，用手塞到腋下或直接握住，是伊朗常见的女性服饰，哈扎拉女性的穿衣风俗深受该国影响。

迪巴的侧影
2016.04

迪巴不是那样的女人，她甚至一点也不像阿富汗女人。她有一张棱角分明的脸，颧骨高耸，目光锐利而冷漠，走起路来步子迈得又大又快，似乎对自己的方向感十分自信，有时她还会戴上样式夸张的名牌墨镜，即便招来一些人异样的目光也毫不在乎。

2016年，我第二次来到阿富汗。一别三年，从飞机上俯视喀布尔，这座山谷里的城市看上去平静安详，几栋十几层的居民楼在山脚拔地而起，是上次我没看到过的和平景象，仿佛那些新闻报道中的爆炸和枪击只是一个梦，从来都没有在现实中发生过。

迪巴站在机场的候机楼门口迎我，与上次相比，她看上去并无太大变化，仍是一副拒人于千里之外的清冷气质。我问她，沙伊德怎么没有一同来？她扶了下不带镜片的黑框眼镜，淡淡地说道："他在忙。"

然后转移了话题："你要待一个月，怎么就带了这么个小包？"

我们的出租车经过阿斯玛伊路，路面重铺了沥青，十分平整，上次来时碰到美军装甲车的位置附近，还新盖了一座亲子游乐场。再往南开，路两边有很多新起的高层公寓楼，底商有不少女子美容沙龙，一切看上去都是那么生机勃勃。

迪巴从市中心搬到了喀布尔郊区一栋苏联占领时期修建的三层老式公寓，一位来自阿富汗南部的保安把守着入口。在出租车上她就对我百般叮嘱："千万不要向保安问好，也不要看着他微笑。他从南部来，非常非常保守。你的任何举动都可能让他看出你是外国人。你知道如果他将此事告诉警察，我就会有很大的麻烦。"

美国政府在2014年5月宣布在两年内全面撤军，西方的一些投资者觉得在阿富汗的安全失去了保障，也纷纷跟着离开，部分亲西方的中产阶级紧随其后，想方设法再次离开故乡。于是喀布尔的房租和二手车价格一路狂跌，这套曾报价500美元的大三居室，现在的租金只要原来的一半。

迪巴的家闻上去很香,门厅正中的方桌上有一只放檀香的漆木盒以及几个装满了干果的木盘。方桌周围的地砖上放了四块深红色的长方形坐垫,我把背包放在上面,跟着迪巴进了起居室。房间被精心布置过,枫木色地板上叠放着两张带花纹的机织地毯,几块同色系的大方坐垫看似无意地被人随手扔在了上面,空中竟还有个铺了一整张银灰狐狸皮的吊床,毛茸茸的尾巴垂在外头,这调性一看就是迪巴的手笔。

起居室的托盘茶几,还有墙角的吊床
2016.04

起居室另一侧是一张 L 形旧沙发，迪巴将餐馆里上菜用的圆托盘做了茶几，一大一小，还分别刷了颜色。大的撒满了干玫瑰花，小的上面放着一小碗漂着各色豆皮的杂粮汤，我一下子想起和迪巴坐在厨房，一起剥豆皮的日子。"这么一小碗，怎么够你们两个人喝呢？"

"这只是做给我自己喝的。"迪巴将两杯刚泡好的藏红花茶放在了干花上，红红黄黄的很好看。

我在吊床下的大方垫子上盘腿坐下，抬眼看向沙发上的迪巴："你在邮件里说的新生活，指的就是搬进了这间新公寓吗？"

"我被澳大利亚一所大学的新媒体专业录取了，等下个月考完雅思，再看看能不能申请奖学金。如果可以批下来，我就真的可以开始新生活了。"

"迪巴 Jaan，真替你高兴，你终于如愿以偿了。"

"谢谢 Jaan，但是我也不想过于乐观，如果拿不到全额奖学金，我根本没办法负担澳大利亚的学费和日常开销。"

"我理解。你和沙伊德还好吗？"一路上，她都对此避而不谈，我不禁有点担忧。

"……这很复杂。我认为我们现在的关系，严格来说已经不算情侣了。"

"但在邮件中，你说你们依然生活在一起。难道，他已经搬走了？"

迪巴摇头。

"这里对他而言，就像个旅馆，他付了房租，可以自由来去。我几乎见不到他。"她面无表情，好像说的是一个完全不相干的陌生人，"三年了，Jaan，很多事都变了。我想结婚，他不想。他依然不相信婚姻，他说他这辈子也不会结婚。"

迪巴扶了扶眼镜，又说："但他也不愿意分手。"

"那你为什么还和他住在一起？你把我搞糊涂了。"

"在一起的日子长了，不知不觉已经对他有了依赖。你也知道，一个像我这样的单身女人，要想在这儿独自生活有多艰难。"她顿了顿，"就算他只拿这里当旅馆，也好过我真的一个人生活。"

我记忆中的沙伊德永远是聚会上众人目光的焦点。他有一双特别亮的眼睛，喜欢滔滔不绝地说话，有时还有点无礼，但就是没法让人真的生他的气；他随口说的一句玩笑话，可以逗笑周围所有人，连永远看上去淡淡的迪巴，也经常被他搞得笑个不停。

迪巴从一开始就知道沙伊德不想结婚，可每次他边吻她边深情地低语"我爱你"时，迪巴认为自己可以改变他的想法就更加地坚定。他爱她，很爱她，只爱她，他只是暂时不想结婚。

一年……两年……迪巴逐渐被时间磨得失去了耐心，她试图和他争吵，可面对永远一脸笑模样的沙伊德，她的愤怒就如石头打入了一团棉花，没有任何回应。她灰了心，开始备战雅思，准备在后悔前，一股作气考去澳大利亚，顺其自然地离开阿富汗，离开沙伊德，离开这段她认为已经"苟延残喘"的爱情。

沙伊德过了好一段时间才知道迪巴的计划。还是迪巴故意把自己的雅思课本放在客厅的方桌上，连着放了几晚，他才注意到的。

"Jaan，你什么时候开始学雅思的？"

"一个月前。"她看着电脑上的稿子，平静地说。

"怎么没听你说过想出国读书的事？"

迪巴飞快地打着字，眼睛根本没有离开屏幕："怎么说？我每天醒来，只能看见你扔在地上的脏衣服，你那些朋友听见你打喷嚏的次数，可能都比我们说话的次数还要多。上一次我们在家一起吃晚饭是多久以前的事了？"

沙伊德笑嘻嘻地从身后抱住她，边吻着她的头发边道歉："你是我的 BOSS（老板），你说什么都对。我错了还不行？今晚我必须出去，明天我一定回来陪你吃晚饭。"

"我对此不抱任何希望。"迪巴一动不动，只是打字的速度慢了下来。

"真的。你生气时特别丑。"沙伊德抱着迪巴亲个不停，"那这样吧，今晚你和我一起去，反正我那些朋友你都认识。"

"你知道有些人我并不喜欢。"

"所以我从来也没勉强过你啊，是你一直说不愿意和我一起去的。"沙伊德松开迪巴，从桌上的干果盘里抓了把核桃仁扔进嘴，"为什么要走？"

"在这儿，你是那个无论白天还是夜里都可以呆在外面的性别，我不是。你说你和其他阿富汗男人不一样，可你的行为又与他们有什么区别？"迪巴的声音低了下来，"你只是习惯了不管什么时候回家，我都在吧。你从来没有替我考虑过，更不在乎我到底想要什么。"

沙伊德把头靠在迪巴的背上，"Jaan，离开并不等于出路。"

"我心意已定。"

"我知道这听上去很混蛋。可我舍不得你怎么办？"沙伊德埋着头。

"我们在一起快 4 年了，现在我 30 岁。你要我等到多少岁呢？ 50

岁？60岁？到了那时我又如何重新来过？"

沙伊德没有说话。

迪巴像是对沙伊德说，又像是在自言自语："以前和你在一起时，觉得时间过得好快，一个月一眨眼就过去了。可现在，我的日子好长啊，似乎比所有人的都要长。"

"别再说了，没有意义。我累了。和你在一起看不到希望，如今的阿富汗也看不到希望。我不想就这样过一辈子。如果明天我被炸弹炸死，我一定死得很不甘心，因为在真正的死之前，我竟从来没有真正地活过。"

迪巴的早餐
2016.04

那次争吵后不久，迪巴飞去印度参加了三个月的雅思辅导班，同班的一位日本婶婶热情地与迪巴分享了自己永葆青春的秘诀——只吃纯天然食品。不吃白糖，天然水果和蜂蜜中有充足的糖分；不吃袋盐，印度、巴基斯坦都出产上好的岩盐；而像薯片、冰淇淋、碳酸饮料等所有经过多重加工的食物通通不吃。最重要的是，早餐一定要喝一杯加了糙米壳粉的牛奶。

日本婶婶的一番话，让有机生活成了迪巴新的信仰。从印度回来后，她扔掉家中所有的加工食品，并决心对超市中的膨化食品和碳酸饮料避而远之。迪巴把自己的生物钟调整为每天早晨7点起床，晚上11点入睡。一日两餐，每周吃肉不会超过两次。

迪巴起床后吃第一餐，用水果、坚果和葡萄干摆盘，再喝一杯加了糙米壳粉的牛奶；下午吃第二餐，蔬菜种类由前一天的集市里，每个小贩的独轮车上有什么而决定。她还特地买了十二只鸡，放在朋友家的院子养着，每周让那户人家的小女儿送四五枚鸡蛋过来，"婶婶说了，肉和鸡蛋吃多了都不好，尤其鸡蛋，一个礼拜不能多过三枚。"她认真地向我解释，随即又自嘲地笑了笑："在这个世界上，恐怕没有哪个国家能活得比阿富汗更有机了。"[1]

迪巴相信用带气泡的天然蜂蜜敷脸可以缩小毛孔，也相信用泡了青孜然的橄榄油去涂抹四肢，汗毛可以变得细软，最后自然脱落。而对于年轻女性必不可少的擦脸油，迪巴倒没有决然地将有机理念坚持到底，她说自己只用××牌，这个一瓶在北京专柜售价400元左右的面霜，是迪巴心中世界上最顶级的品牌，即使与有机沾不上边，也可以无条件信赖。

三年前那个凌晨一两点才睡觉，中午12点前绝对看不见人影的迪巴，那个每隔几天都要花两个小时为沙伊德煮豆皮杂粮汤的迪巴，已经先一步从喀布尔离开了，去了哪里，迪巴自己也不知道。

她不止一次对我说："我对这里简直失望透顶。"

[1] 阿富汗人自嘲贫穷使这里的农民没有钱买生产调节剂、抗生素、含有转基因技术的化学制剂，再加上战后工业水平几乎为零，所以当地农产品都是纯天然、低污染的。

一个洋葱扔过去

"当性骚扰发生时,大多数女人不敢声张,只能忍气吞声地默默离开,否则她就是不自爱,就可以被大街上任意一个男人指责,甚至某些女人都会跳出来责备她,说她是个行为不检点的人。"

4月的清晨,城市上空飘着一层烟雾,像一只巨大的茶色玻璃锅盖压在喀布尔市区上空。我和迪巴向街口的美容院走去,一个穿着时髦的哈扎拉女孩从我对面走来,她看着我羞涩一笑,颔首低眉地走了过去。

我随口问迪巴:"我和哈扎拉女孩长得差不多,穿得也差不多,阿富汗人怎么就能认出我是个外国人呢?"

迪巴反问我:"如果刚才那个哈扎拉女孩走在中国的大街上,你觉得中国人能认出她是外国人吗?"

我想着刚才那个女孩脚上的黑色麂皮低跟凉鞋和脚踝处露出的肉色丝袜,还有风衣下的棕色窄腿裤上的银色裤缝线,摇了摇头:"我想应该不会。除了戴头巾,她的穿着打扮与中国很多小城里的女孩并没有什么区别。"

"也许在中国不会,但在这里会。我来告诉你如何分辨阿富汗女孩。那些看上去毫无自信,永远低着头,小心翼翼地贴着墙根走路的,就是阿富汗女孩,因为她们从生下来的那一刻,就开始学习如何不引人注意,还有就是顺从。"迪巴一脸不屑地说。这时我们已经走

深色门帘挡住的女子美容院内别有洞天
2016.04

赫拉特街头,一家开放式的男子理发沙龙
2013.09

到了美容院门口，她摘掉墨镜，拉开门示意我先进去。

2002年初，喀布尔的街头逐渐出现了美容院。这儿是最好辨认的"神秘"场所，临街的深色反光玻璃，门板上贴满了伊朗女人浓妆艳抹的巨幅海报。美容院的内部装修与中国刚改革开放时小县城的美容美发厅类似，不过这里只为女性服务，阿富汗女人称之为"只对女人开放的天堂"。顾客摘下头巾，露出各色秀发，美容师干脆穿上了低胸小背心，一头染成浅金色的头发散在肩上，让人有种不知身在何处的恍惚。

对于月收入不超过600元人民币的阿富汗普通家庭，美容院是一个女人在参加婚礼前才能进入的世界，一个可以让人彻底放松的、没有异性的世界。阿富汗人相信星期五是个幸运的日子，很多人都偏爱在这天举行婚礼。这也是美容院最繁忙的时候，女人们会结伴前来打扮，在这里她们可以摘下头巾，让美容师为她们洁面、绞脸。新娘妆会把原本又粗又黑的眉毛画得高挑而夸张，再根据婚礼礼服颜色（通常是绿色），在眼皮抹上各种颜色的眼影。很多新娘还喜欢在脸上贴水钻，在高耸的发髻上洒亮晶晶的银色粉末也很流行。

绞脸，也称开面，是中国古代女性熟悉的一种脸部脱毛法。在封建王朝时期，某些地区的女人一生只开一次面，开面后即为人妇，即使改嫁也不会再做。这种风俗可追溯到六千年前的中东及南亚次大陆。在阿富汗，绞脸曾是一种独特的成年礼风俗。不过现在喀布尔街头大大小小的女子美容院都提供绞脸服务，100—200阿富汗尼一次，与当地人的工资相比，价格并不便宜。

迪巴每个月都要去街口的美容院做一次绞脸，她通常会避开繁忙的时段，选择在星期六至星期三[1]的某一天前往。她说原本脸上的汗毛不重，并不需要常来。可她的一个"前"好友让她用漂白剂来灼烧汗毛，几次之后汗毛反而长得越发粗壮凶猛，她这才成了沙龙的常客。

坐在美容院的椅子上，迪巴闭着眼睛，想起有次沙伊德不知道从哪儿搞了一件茶达里，套在头上一本正经地要跟着她去"做美容"，"我舍不得和你分开，就穿着这个和你一起进去，你拉着我的手，我保证全程闭眼什么都不看。"沙伊德歪着嘴角，看着就像个孩子。

"嗞——"美容师没控制好棉线的力道，迪巴轻声吸了口气，心里默默地想："如果早知道橄榄油泡青孜然可以软化汗毛，我根本就不会坐在这里。"

---

[1] 阿富汗政府机关每星期工作五天半，星期四下午至星期五全天休息；商铺的营业时间通常为星期六至星期四，周五全天休息。美容院通常没有休息日，但星期四、星期五两天较为繁忙。

菜市场外的明信片墙
2016.04

从美容院出来后，我们朝着菜市场的方向走去。她说几个月前在这个菜市场，有个小贩见她独自一人，穿着打扮又与其他阿富汗女人不同，瞬间看她的眼神变得下流，迪巴直视着他，严厉地说："挪开你肮脏的眼睛！"

那人听完轻蔑地撇了撇嘴，眼神并没有因为迪巴的话有任何改变。迪巴原本就是不愿和陌生人多费口舌的性子，她随手抄起一个洋葱，朝着那双脏兮兮的眼睛扔了过去。这种反应与其他阿富汗女人受到性骚扰时完全不同，把小贩一下砸蒙了。他愣了好一阵，才开始嚷嚷，威胁着要教教迪巴怎样做一个真正的女人。

围观的人群中走出一个戴图尔班头巾的老人，他鼻梁上架着一副眼镜，胡须修得比大多数围观的男人整齐清爽。老人听迪巴讲了事情的来龙去脉后，先是对那摊主说了句："安拉至大。我们都是兄弟姐妹，你这样对待自己的姐妹是不对的。"

然后，他又微微侧了侧身，一脸严肃地以长辈教育晚辈的口吻对迪巴说："这位姐妹，你的行为也是不对的。"

迪巴眉毛一挑："那么照叔叔您的意思，我怎样做才是对的呢？"

老人语重心长地教导："你是个女人，在公共场合做出这样的事对你的声誉很不好。当有男人这么对你的时候，你应该保持安静，转身离开，这才是女人最好的回应。"

迪巴冷哼一声，知道多说无益，就扭头走开了。

"这就是这个国家的现状。在这儿，事事隐忍克制、委曲求全的才是好女人，才会让全家觉得体面。当性骚扰发生时，大多数女人不敢声张，只能忍气吞声默默离开，否则她就是不自爱，就可以被大街上任何一个男人指责，甚至某些女人都会跳出来责备她，说她是个行为不检点的人。"

"就是因为大多数阿富汗女人都活得那么小心翼翼，外国人才认为我们的国家只有小心翼翼的女人。"她推了推眼镜接着说，"我上次去印度时，在德里机场排队入关，站在我前面的是一个西方女人，她第一次到东方来，还以为自己什么都懂，但说真的，她对这里一无所知。当她知道我是一个阿富汗人后，对着我的吊带衫和牛仔裤大呼小叫，似乎在她心中，阿富汗女人只能穿着茶达里，像个哑巴一样活着。不光如此，她还认为阿富汗人都住在山上，唯一的交通工具就是马或者骆驼，她觉得我连电视是什么都不知道，还用两只手比画了一个方块给我。"

"那你是怎么回应的？"

"我说，遥控器是什么样子的，你也给我比画一下吧。"

裁缝、布料和新裙子

新政府上台后，很多裁缝店又重新开张，可生意大不如前，大多数女人已经不习惯接触直系亲属之外的任何男性，更别提那个男人还要拿着卷尺来量自己的身体了，真是想想都觉得可怕。

在申请学校时，迪巴把曾经发表的深度报道随其他申请材料一起寄给了招生办，对方反馈很好，她乐观地推断自己会被全奖录取。虽然离开学还有好长一段时间，但迪巴已着手准备行李，她计划做上几条极具阿富汗特色的"莎西达"长裙，在迎新会上穿，让外国人都知道，这才是真正起源于阿富汗本土的传统服饰。

"莎西达"套装由长度在膝盖与小腿肚之间的宽松连衣裙和白色宽松长裤组成，连衣裙用不同布料拼接，刺绣中还缝有亮片和珠子。"莎西达"之于阿富汗人，就像旗袍之于中国人一样，至今依然是阿富汗游牧民族库奇人的日常着装，改良版的"莎西达"更是受到所有人的喜爱。

迪巴去了"鸡场街"，这条街相当于20世纪90年代北京的王府井、上海的南京路，是外国人离开阿富汗前都会来"打卡"的地方。街两旁的小店里有各式各样的纪念品，比如帕库羊毛帽子，用巴达赫尚青金石做成的工艺品，最近还流行起了政府为取代鸦片而大力推广农民种植的藏红花。迪巴熟门熟路地走进了一家店铺，老板拿出了几

"莎西达"常见的样式是在胸前、裙摆还有小臂处缝上刺绣
2016.04

十块从普什图部落中收上来的刺绣让她挑选，迪巴摸摸这个看看那个，有点儿拿不定主意，老板眼睛上下一扫，心里已经对这位顾客的经济实力有了更具体的判断，他又殷勤地拿出了十几块花纹更复杂、针脚也更密实的绣块，当然价格也比之前那一批贵一倍。迪巴随口问了句："有没有'卡玛克'？"老板听罢眼睛一亮，"卡玛克"刺绣的价格是这种普通货的数倍。

"今天没有带过来。"老板遗憾地摇了摇头，咂嘴道，"明天，明天你再来，我有五六块让你挑，都是上好的坎大哈'卡玛克'刺绣。"

一番讨价还价后，迪巴带着4个绣块，和早先买好的布料奔往下一站——裁缝店。

步行去裁缝店的路上，迪巴经过了那个刚建成的游乐场。她听沙伊德提过，这座游乐场与赫拉特、马扎沙伊夫的都不同，竟然允许男人在没有家人同行的情况下入内。

"女人在喀布尔为数不多的乐土又少了一块儿。"她看着围墙后露出的摩天轮，一脸悲哀地想，"喀布尔早已不是原来的喀布尔了，真正的喀布里都是受过教育、彬彬有礼的，他们的眼神温和、睿智、诚恳、善良，绝不像现在人街上的这些人，只会用不怀好意的眼神来骚扰女人。真正的喀布里已经逃走了，他们逃向欧洲各国，逃向美国，逃向伊朗，逃向世界各地。而这些无所事事、在大街上游荡的自称的'喀布里'，大部分都是从偏远的村庄到这里浑水摸鱼的人，他们也许连字都不会写。"

她又想起沙伊德曾说过的话："如果没有战争，很多人根本不会离开家乡，来到喀布尔，成为被你厌恶甚至自我厌恶的人。"

迪巴要去的裁缝店在一条脏兮兮的河沟旁,河水灰黑,上面漂满了垃圾。在内战前,这条河无比清亮,河中有时还有小鱼跳出,溅起的水珠在阳光中闪耀着七彩光芒,那时人们都叫它"喀布尔河"或者"我们的河",不过现在的喀布里已经合时宜地改了口——"那臭沟"。

塔利班统治时期,当局明令禁止男性裁缝为女人量体裁衣,大批裁缝为了谋生偷偷违反禁令,被关进监狱施以鞭刑。新政府上台后,很多裁缝店又重新开张,可生意大不如前,大多数女人已经不习惯接触直系亲属之外的任何男性,更别提那个男人还要拿着卷尺来量自己的身体了,真是想想都觉得可怕。

在十几年后的今天,有些偏远的省份,街头依然鲜少见到女人。喀布尔的情况比那些地方要好很多,这里不少女人在塔利班政权下台的第二天,就脱下茶达里,出现在饭馆、学校和喀布尔的大街小巷了。

裁缝店外的柴油发电机持续发出嗡嗡的噪声,与不时响起的汽车喇叭声交相呼应,吵得迪巴心情烦躁。她走进店内,这里有两台电动缝纫机,三个男人,一面墙上还贴了一张西方时装杂志的内页,上面是一个皮肤灰白的金发女人,抹胸长裙外套着长袖外衣,认真地冲着摄影师的镜头傻乐。

另一面墙上粘了排挂钩,挂着几件长袖风衣,中间还夹了件无袖碎花连衣裙,裁缝接过迪巴带来的绣块仔细端详,还就手工的精细程度和她交流了一番。迪巴很想让澳大利亚的同学看看,不是每个阿富汗女人都想把自己从头到脚包得密不透风,起码她迪巴就不是。

裁缝问清楚迪巴想要的款式后,拿着卷尺先从她的肩宽量起,从

阿斯玛伊路的游乐场
2016.12

如今的喀布尔河臭气熏天,垃圾遍地
2013.09

左肩松垮地量到右肩,以免接触到迪巴的长袖衣。然后是袖长,这个比较简单,从肩膀量到小臂。最后量衣长,由于迪巴想把刺绣的布块缝在胸前,裁缝只能轻轻地把卷尺的一端贴在她的围巾上面,另一只手再小心翼翼地把尺子往下拉,以确保卷尺不会压迫到她的胸脯,"Bale,103厘米。"裁缝把量得的数字一一记在本子上,迪巴又嘱咐了几句,才心满意足地离开。

阿富汗式的量体
2016.04

一个人的野餐

她索性站起身,往更高处又跑了几步,她把双手拢在嘴边,想用尽全身力气地大喊,却喊不出,停了几秒又把手放了下去。

喀布尔是全国警察最多的地方,却也是爆炸最频繁的地方,塔利班已下台十余年,仍然时不时发动一些针对政府机构、官员住所和使馆区的攻击,尤其是冰雪初融的春天,他们会在此时下山,发动全球皆知的"春季攻势"。

即使身处动荡不安的喀布尔,迪巴仍努力像和平地区的中产阶级一样生活,除了吃得有机健康,她每天还会在室外以5公里的时速健走几个小时。迪巴总是以公寓为起点,再随机向某个几公里之外的目的地疾步行进,比如金顶议会大楼、达鲁阿曼宫、喀布尔大学或者伊斯兰经学院。伊朗政府援建的金顶议会大楼是这两年袭击者的最爱,几起爆炸后,官员们把上班的交通工具由汽车改成了直升机,武装分子也迅速转移了目标,把攻击的地点由他们的办公室改成了住宅。

沙伊德对迪巴这种如同自杀一般的健身方式表示强烈反对,他用难得的极其认真的语气问她:"Jaan,每个人都知道现在局势如何,你还要天天在外面步行几个小时,你就不想想豪拉[1]知道了会是什么心情?"

迪巴淡淡地说:"即使我告诉你不会再去,但你真的在意过我每天都做了什么吗?"

国家安全部门收到线报,一辆装满炸药的汽车停在市区的某个角

[1] 豪拉,此处指迪巴的母亲。

落，准备第二天开到金顶议会大楼附近引爆，此时议会大楼附近已对所有车辆戒严，警察也在全市范围开始排查。第二天清晨，迪巴还是决定步行十余公里，去绿色新城后面的小山坡野餐，沙伊德曾经答应过带她来这里，什么也不干，就两个人静静地坐一天。但一年年过去了，这个承诺似乎只有听到的人才记得。迪巴把苹果、葡萄、石榴和椰枣，还有一瓶用藏红花、玫瑰露冲泡的营养水放入挎包里，她要在走之前，独自完成两人的约定。

路过喀布尔河（现在的"那臭沟"）时，迪巴感觉到贴着挎包一侧的衣服湿漉漉的，她这才发现水瓶没拧紧，整个包都湿透了。她皱着眉把水果袋和水瓶取出来，然后把包冲着河水倒翻，"扑通！扑通！"河中溅起两道水花。

"我的手机！两个！"两部手机同时掉进了水里，她的 A 牌手机总是低温时自动关机，迪巴又买了一部 H 牌手机。

看见一个女孩在河边久站，不多时就围上了好多男人，有个趿拉着开胶球鞋的中年人听迪巴讲了事情的经过，二话不说就脱下鞋子准备下桥去捞。

两个小孩站在旁边小声嘀咕："等这个女人走了，咱们下去，捞到了你一个我一个。"

中年人爬上了桥，不知道从哪里找出了一根绳子，将一头拴在一块和手机差不多重的石头上。他将石头扔进河里，水一下就把绳子冲了好远。他摇了摇头，围观的人在一旁说着风凉话："水这么急，手机早就冲到巴基斯坦喽。"

迪巴虽然心急，但听到后还是扭开头笑了一声。她向围观的人借手机给沙伊德拨了电话："Jaan，我干了蠢事。天啊！我把两个手机都掉进河里了。"

"杯子漏水，我想把挎包里的水倒出去，却忘了手机也在里面。"

中年人在用和手机差不多重量的
石头测试水流会把手机冲到哪里去
2016.04

自告奋勇下河帮忙摸手机的热心人
2016.04

迪巴无精打采地说。

"别再教育我了！丢手机的人又不是你！"

迪巴冲着话筒喊了一句，不耐烦地挂了电话。

其间，那位热心人又跑到桥的另一侧用脚在河床上摸索了半天。这时他放弃了最后的努力，爬上了桥，把挽到膝盖上方的裤脚放回，套上袜子，穿上了鞋。迪巴看着这个好心的中年人，如果捞到手机的话，他还能得到一些钱，两天的饭钱就解决了。唉，不怎么幸运的他，更不怎么幸运的迪巴。

"谢谢叔叔 Jaan。"虽然难过，迪巴还是礼貌地道了谢。

她略加思索，反正回家也是一个人，还是继续向山坡行进吧。七拐八拐后她来到了达鲁阿曼大道，一辆军用皮卡从她身边开过，轮胎带起一阵尘土，她皱了皱眉头。双向车道全部戒严，每隔一段，路边就坐着一位荷枪实弹的士兵，一辆辆驾着机枪的皮卡横在路中央，路两侧的行人并不比平日少，他们和迪巴一样，没有被紧张的氛围影响，他们神情平静，似乎对此早就习以为常了。

达鲁阿曼大道的尽头是达鲁阿曼宫，这里距迪巴要去的小山坡还有一半的路程。近一个世纪以前，阿曼诺拉国王为了阿富汗的"现代化"，请法国和德国的建筑师设计了这座极富新古典主义风格的宫殿。它曾是国内第一批有中央供暖和自来水系统的建筑，曾是喀布尔大学的医学院，曾被焚烧成一片废墟，也曾被苏联人、游击队战士、塔利班和美国人先后占领过。经历了几十年的战争，它终于成了几堵残壁空壳，门前的野草肆意生长，一片翠绿围住了废墟，再加上这里已是郊区，空气里的煤烟味小了许多，迪巴抬起头看了看天，继续向山坡走去。

"绿色和平新城"这名字，无奈地表示了喀布里对战争的厌恶。此处海拔比市区高出几百米，新城的尽头就是山脚，迪巴走过施工中的

废弃的达鲁阿曼宫和不远处的金顶议会大楼
2016.04

现代公寓楼，走过五颜六色的别墅外墙，她曾想过嫁给沙伊德以后，两人在这里买上一块地，由她来设计一栋喀布尔最棒的房子，不要顶灯，就像外国人那样，多弄几个落地灯，房间的角落安上吊灯；会客室摆上最好的手工地毯；顶楼的小露台上放两把摇椅和一个矮几。

迪巴在山坡上选了一处喜欢的位置坐下，对面山头上停着一辆坦克，一个头系黑白格围巾的士兵在坦克周围踱来踱去。她俯视着笼罩在喀布尔上空的淡黄色的烟雾，试图透过它找到男朋友工作室的位置，往左……往左……再往上点……应该就在那附近，她略带忧伤地看着那里，有点后悔刚才在电话中朝他发脾气，可她也没想过道歉。

"快让我离开吧，去一座没有爆炸也没有他的城市，我一天都不想再等了。"迪巴将头深深地埋在双腿间，周围的空气好像越来越稀薄，直叫她的呼吸都成了一件最累最苦的事。她索性站起身，往更高处又跑了几步，她把双手拢在嘴边，想用尽全身力气地大喊，却喊不出，停了几秒又把手放了下去。

迪巴盯着沙伊德工作室的方向看了好一会儿，又抬起头看了看天空，云彩像被人用手拨开似的，天是如此湛蓝清澈，"若不是丢了手机，这本该是美好的一天。"

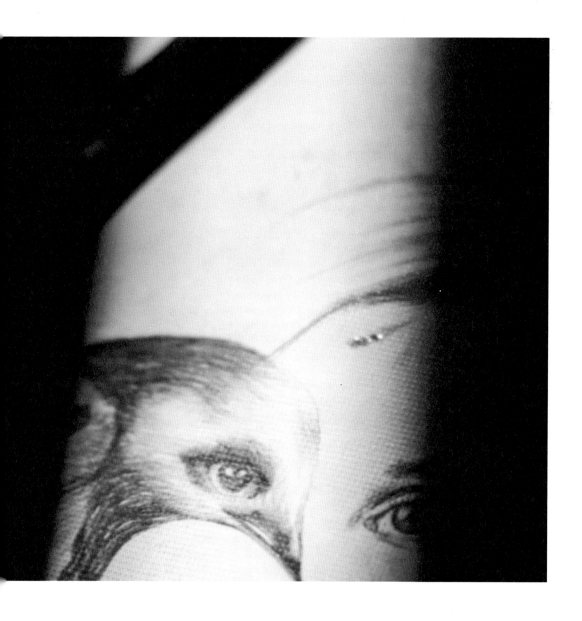

一幅迪巴的自画像
2016.04

三年前的初识

　　这些男孩就像其他年轻人一样混夜店、泡酒吧、抽大麻，和很多女孩做爱。可是到了该结婚的时候，他们总是会第一时间回到阿富汗，选一个亲戚或父母好友的女儿，毕竟这里盛产待价而沽的处女膜。

　　我第一次见到迪巴，是在2013年的秋天。

　　那天晚上我随着人流走出喀布尔机场的大门，费了一番功夫才从一大堆停得歪七扭八的汽车中找到了来接我的那辆。驾驶室的男人是沙伊德，一个赫拉特朋友的表亲。沙伊德和我用英语沟通，语速飞快地向我介绍坐在副驾的女孩："这是迪巴，我的女朋友，我的Boss（领导）兼我的秘书。"路旁的街灯忽明忽暗，那女孩扑哧笑出了声，我只隐约看到她穿着一件蓝灰格子的棉布衬衫，头巾下的侧脸棱角分明，其余部分浮浮沉沉，晕染着没入阴影看不清楚。

　　初次见面，我礼貌地向沙伊德表示感谢，他一副不当回事的样子："刚好顺路而已。伙计，是你运气不错。我们才从警察局出来，花了很大一笔钱才把迪巴的一个朋友保释出来。"

　　沙伊德听上去心情很好，讲到兴奋处还会像孩子一样手舞足蹈，他的英语中不时夹杂着几个达利语单词，不过他没有跟我解释其中任何一个的意思。迪巴话却不多，我以为她只是和一般阿富汗女孩一样羞涩，便用达利语问好后，再没主动和她交谈。

　　那是我第一次来阿富汗，有满肚子的问题想向当地人请教。但沙伊德似乎总是特别忙,每天早晨我出门时,他们的卧室门还紧闭着,而我回来时他已经离开了。大部分时间中,屋里只有我、迪巴和一个打扫卫生、做饭的老人。

我在那里借宿了五晚。前两天,迪巴大部分时间都待在卧室内,只有需要拿东西时才出来,碰到我时也是寥寥数语,没有和我进一步接触的意思。

直到第三天傍晚,我去厨房打水,她独自坐在一把三角凳上,面前有个泡着红豆、鹰嘴豆、椰枣、红枣的盆,迪巴神情专注,小心地把豆皮一点点地从豆子上剥下来,一个接着一个,无比耐心。

"还有那么多豆子呢,我来帮你一起剥吧。"

她抬头笑了笑,算是默许。

"这些豆子剥完干什么?"我好奇地问。

"我要的是这些豆皮,用它们煮水特别有营养。沙伊德一忙起来就不管不顾的,从来不记得吃饭。"

原来是慢热的人。

迪巴从不轻易相信别人,当她不相信时,她不喜欢说话。她在一旁冷静地观察着我,直到那天晚上,才慢慢地把自己坚硬的外壳打开了一个小口子。

迪巴的祖父是阿富汗北部昆都士省一个部落中的毛拉[1],颇有名望,受人尊敬。他先后娶了4个老婆,一共生了14个孩子(最小的老婆甚至比长女还要小两岁)。祖父除了要求所有子女都去经学院学习《古兰经》外,还给男孩们请了家庭教师,教授他们达利语文学,让他们学会读书和写字。至于女孩,老人家认为她们需要的知识都在《古兰经》里了,他坚定不移地认为,念了书的女孩就会像城里的女人那样,很容易产生

---

[1] 毛拉(Mullah),穆斯林对老师、先生或学者的敬称。

世间城池之母——巴尔赫城遗址
2013.10

疑问，而疑问让这里的男人不适、愤怒甚至恐惧，她们终归是要嫁人的。

在他看来，他为所有人都做了最好的安排。

迪巴的帕代尔是祖父与发妻的次子，在刚够得着书桌的年纪，他就把头整日埋在书本中读个不停。从波斯诗集、阿富汗野史、各种自由思想，到文学、宗教和艺术，广有涉猎。这个爱好使他成为全家第一个戴近视眼镜的人，还让他早早地在心里立下目标——他要去看看书里描述的那个无与伦比、精妙有趣的世界。

祖父为他16岁的儿子挑了一个老婆，这个岁数当时已算成年，他认为儿子对异性有了渴望，于是帕代尔就这样和堂妹结婚了。几个月后，他带着新婚的妻子离开了这个庞大的家庭，前往100多公里外巴尔赫省的首府马扎沙伊夫独自谋生。

3000多年前，信奉多神尤其是火神的雅利安人穿过阿姆河，将巴尔赫定为王国都城所在地。巴尔赫位于马扎沙伊夫西北23公里处，这个如今看上去很不起眼的小镇，在古时极其辉煌。琐罗亚斯德在巴尔赫将拜火教传播于世，至今这里依然是拜火教圣地；巴赫利卡[1]带着佛祖的8根头发，在这里建造了一座佛塔，公元7世纪阿拉伯人入侵时，也因这里极其悠久的历史，盛赞巴尔赫为"世间城池之母"（Umm Al-Belaad）。

数千年来，拜火教、佛教、伊斯兰教的教徒们在这里坐而论道，巴尔赫的洞窟壁画，有被称为"佛陀玛兹达"[2]的火焰铭文，在当时的诗歌中，又有着如"就像纳瓦精舍[3]一样美丽的宫殿"这样的明喻。直到1220年成吉思汗策马屠城，此地千年繁荣戛然而止，整个地区的经济文化中心才转移至马扎沙伊夫——在这之前，那儿只是个供过路客歇脚的小村落罢了。

塞尔柱王朝时期，当地的一位毛拉禀明苏丹艾哈迈德·桑贾尔，先知的堂弟和女婿阿里托梦告诉他，当年为了避免敌人的亵渎，阿里的追随者秘密地将他的遗骸放在一头白色的母骆驼上，这头骆驼向东不停地奔跑，最终力竭而亡的地方，就在巴尔赫附近。苏丹听完，马

1　巴赫利卡，又称波利（Bahallika），与提谓（Trapusa）并称佛祖最早的两位皈依弟子。

2　佛陀玛兹达，意为佛祖与阿胡拉·玛兹达。阿胡拉·玛兹达是古波斯宗教，特别是拜火教中地位最高的神。

3　纳瓦精舍（Nava Vihara），位于巴尔赫附近，建于公元2世纪左右，是一座佛教寺院，在公元7—11世纪是当地佛教活动的中心。

马扎沙伊夫清真寺
2013.10

上下令在阿里托梦描述的地点——也就是当今的马扎沙伊夫盖了一座内有阿里衣冠冢的圣祠。1220 年，巴尔赫被成吉思汗屠城，这座圣祠也没能逃过一劫。两百年后，帖木儿帝国的苏丹胡赛因·巴以克拉在人们口口相传的位置上，又盖起了一座清真寺——著名的马扎沙伊夫蓝色清真寺。虽然世界上大部分穆斯林认为阿里的灵柩安放在伊拉克中部的纳贾夫，但仍有许多人前来朝圣，一年四季，络绎不绝。

马扎沙伊夫是阿富汗北方最大的城市，和保守的昆都士不同，因为多元的民族背景，这座城市非常开放。在迪巴父母年轻时，成百上千的信徒围绕着阿里的衣冠冢席地而坐。男人坐在一侧，女人坐在另一侧，她们有的穿着茶达里，有的披着茶杜尔，还有的只用围巾松松垮垮包住头发。人们虔心祷告，祈求罪行被宽恕，祈求心愿可以实现。清真寺外的小花园里，也有不少朝圣者坐在草坪上，三三两两地交谈，与此同时，身穿着短裙和尼龙丝袜的摩登女郎背着皮包从他们身旁走过，人们按照自己喜欢的方式穿衣打扮，没有人会跳出来对他人的着装加以指责。

这几年网上流传着一组 20 世纪六七十年代的阿富汗街景照，照片里的女人很多都穿着短袖和短裙，于是很多人认为，是丑陋的战争让曾不知茶达里为何物的阿富汗女人最终穿上了它。然而，除却喀布尔、马扎沙伊夫等大城市，在 20 世纪 70 年代的阿富汗大部分地区，女人们依然披着茶杜尔，穿着茶达里和沙瓦尔卡米兹。

"我的玛代尔不能读书，也不会写字。可是帕代尔说他最感谢安拉的一件事，就是当自己为是否过早结婚而犹豫的时候，安拉帮他做了正确的决定。"迪巴说到这儿，嘴角弯弯，不知道心里是不是想起了沙伊德。

"爱情看似美好，但却带来麻烦。"哈菲斯几百年前就用鹅毛笔把这句话写在了羊皮上，但无数人依然为它奋不顾身。像所有刚开始分享秘密的女孩一样，迪巴给我讲起了她的恋爱史，而且还着重说了一个生在德国的阿富汗裔纪录片导演。二人相识于喀布尔的一个艺术展上，他对与众不同的迪巴一见倾心。迪巴最初觉得他"才华横溢，

（右）清真寺外的小广场。迪巴见过的一张玛代尔年轻时的相片，照片上的她穿着一件短袖连衣长裙，与帕代尔并肩站在这个位置，天上有很多白鸽飞过

（下）从左至右依次是身穿茶达里、沙瓦尔卡米兹、茶杜尔的当地女性
2013.09

举止得体,看上去十分尊重女性",两人相处愉快。直到有一天,他说:"国外的那些女孩,和你一样有才又迷人的,都不是处女,所以她们都不是我结婚的对象,你才是。"

"我也不是。"

导演陷入了长时间的沉默中,像一截干掉的丝瓜一样瘫在沙发上,整整三个小时没有和迪巴说话。迪巴不明白,一个在柏林成长生活了30多年的男人,为什么骨子里还是阿富汗男人的那一套思维方式。

这个像截干丝瓜一样的导演消失了一周,再次出现时,他对迪巴说:"我仔细想了想,还是愿意娶你,虽然我的家人反对自由恋爱,但为了你,我愿意'Fight for it'(为此而战斗)!"

迪巴眯起了眼睛,忍不住讥讽地回答:"抱歉,这里有更重要的事需要我,我没时间和你为这种事而战斗。更何况,你自己在全世界和不同国家的女孩上床,又有什么资格要求我是一个处女?你愿意娶我,可你是否问过我愿不愿意嫁你?"

战争让很多阿富汗人被迫离开了自己的国家。他们的下一代出生在美国、澳大利亚、德国或瑞典,接受着西式教育,这些男孩就像其他年轻人一样混夜店、泡酒吧、抽大麻,和很多女孩做爱。可是到了该结婚的时候,他们总是会第一时间回到阿富汗,选一个亲戚或父母好友的女儿,毕竟这里盛产待价而沽的处女膜。

沙伊德的出身没有那么高贵。他的帕代尔在内战时外出被流弹击中,被邻居发现时已奄奄一息,抬回家的当夜就死去了。悲痛的玛代尔只能带着他和另外三个儿子北上喀布尔投奔亲戚。那家人虽然给了他们孤儿寡母一间小屋,却终日冷言冷语,把这个可怜的寡妇当成用人使唤。沙伊德6岁就开始在大街上讨生活,他能吃苦,也不喊累,

在街头谋生的孩子组图
2013.09—2013.10

擦皮鞋，卖经书，给馕铺打下手，什么挣钱多就干什么，小小年纪尝尽人情冷暖，他发誓要早日挣够钱从那个夺走玛代尔笑容的屋子里搬出去。

他没上过一天学，却可以说一口流利的英语，还会一点儿阿拉伯语和法语，他用在街头学会的生存法则，在游击队、塔利班、外国人和新政府官员身边走着钢丝周旋。

14岁时，他租了间小房子，把笑容重新带回了玛代尔脸上。如今三个弟弟都在私立学校读书，两个成绩好的还申请到了带奖学金的外国大学。

沙伊德有很多朋友。只要他不工作，几乎每个晚上都会和一大帮朋友在一起，他总是向迪巴撒娇，要她陪自己去参加聚会，迪巴有时去，有时不去。沙伊德的朋友中有些是极其虔诚的信徒，有些不是；有一天祷告5次的塔吉克人，也有一天祷告3次的哈扎拉人；有从国外回来的阿富汗移民，也有儿时在街头认识，现在一起出人头地的伙伴。迪巴说沙伊德是个很没有安全感的人，时刻需要有人在身边，也许因为年少时的经历，他待人格外慷慨，"只要朋友张口，只要他有"，迪巴微笑着耸耸肩，"不知道借了多少钱出去，也从不主动催他们还。"

她一说起沙伊德就笑，笑出了眼角的皱纹，笑得眼底的爱意都涌了出来，她看上去就像任何一个沉浸在爱情中的女人，是那么幸福和满足，沙伊德对她来说，是她的整个世界，是她暗暗决定一起白头到老的爱人。

喀布尔女子监狱

"道德犯罪（Moral Crime）"的界定很模糊，离家出走（即使是受到家暴）、自由恋爱、"ZIINA"，乃至被强奸、被迫卖淫的女人，都可以因"道德犯罪"不经庭审直接被判处最高5年的刑期。

她后来还提起了达雅，那个沙伊德托了不少人，才花钱保释出来的朋友。

大概三个星期前，达雅与几个朋友在一家涉外餐厅吃晚饭，每个人都喝了酒，她亦有些醉意。离开时，一个刚认识的男性朋友说自己太醉不能开车，请求达雅先送他回家，再把车子开回她自己家。

达雅同意了。但车子发动没多久，那个男人就在后座上说起了各种下流话，接着开始毛手毛脚。达雅惊慌起来，酒彻底醒了，她边骂着那个男人边准备把车子靠边停下。男人撒起了酒疯，竟掏出一把匕首，先对着自己前胸划了一刀，又高声尖叫着把刀伸向她的脖子。一番混乱后，车停了下来。达雅的胳膊上被划了一道很深的口子，流了很多血。

路人报了警。警车与急救车先后抵达，警察大概看了两人伤势，以男人伤重为由把达雅铐了起来，直接关进了巴达巴格中心监狱。达雅自觉这件事不怎么体面，也以为警察在查明原因后会很快把她放了，就没有给任何人打电话求救。

看守所的人查验了达雅的贞操。

巴达巴格中心监狱入口
2018.03

当他们发现她不是处女时，事情开始往更坏的方向发展。狱友告诉她，看守所根本没有足够的女警察，而且管理层大多是男人。

"他们把我们的名字写在一张纸上，压在桌子的玻璃板下，搞清楚哪些人不是处女后，再选出漂亮又年轻，最好是文盲的'下手'。这些人难道没有姐妹吗？如果有人这么对待他们的姐妹，他们会怎么想？"

达雅被狱友的话吓坏了。她家境优沃，看着白白嫩嫩的，任谁都会觉得是个年轻漂亮的女孩儿。她被脑海中浮现的画面吓得腿软，一位好心的女狱警把电话借给她，但她不敢将此事告诉马扎沙伊夫的家人，于是打给了迪巴。

沙伊德人脉广，虽然他和达雅并不熟，但还是马上开始为她走关系，迪巴也因此被允许前去探视。巴达巴格中心监狱中的女人，白天分组打扫卫生，其余大部分时间都坐在院子里。迪巴去看过达雅三次，她几乎和每个女囚都聊过天——有些人真的有罪，贩毒、杀人或参与制造炸弹，更多的人是因为"道德犯罪（Moral Crime）"。它的界定很模糊，离家出走（即使是受到家暴）、自由恋爱、"ZIINA"[1]，乃至被强奸、被迫卖淫的女人，都可以因"道德犯罪"不经庭审直接被判处最高5年的刑期。一些收了钱的警察，甚至可以将没有任何"过错"的女人以"道德犯罪"的名义收监，哪怕是通过"贞操检测"的处女。

有个脸上带"卡尔"刺青的部族女人哭着对迪巴说："我每晚都祈求安拉，如果死对我更好，那就让我死吧，我明明什么都没有做过。"迪巴回家后，在沙伊德怀中哭了很久。这时永远嘻嘻哈哈的沙伊德没有试图逗笑她，也没给她擦眼泪，只是亲吻着迪巴的头顶，轻声鼓励她尽快将关于巴达巴格的故事整理出来，让更多人知道那里发生着什么。

被收监后的第15天，在沙伊德的帮助下，达雅走出了巴达巴格中心监狱的大门。而那些没有钱也没有门路的女犯人，得不到足够的食物，也无人探视，她们终日坐在那个几十平方米的小院子里，不知道什么时候可以重获自由。

---

1 ZIINA，达利语，指婚姻之外的性行为。

二手名牌扫货记

这些二手货曾经的主人不详,它们可能是被某个中产阶级家庭淘汰的,也没准儿是哪个出了车祸的倒霉鬼的。几个男人在箱边来来去去,按品相和品牌给货物分类,可以被送入那几十个房间的,都是挑出来的品牌货,无论真假,反正大部分人也看不出来。

沙伊德和迪巴都很喜欢名牌。

那些国际品牌至今也没有一家在阿富汗开过分店,但这挡不住阿富汗人追求时髦的热情,他们通过Youtube网站跟随时尚,学习潮人的穿搭,可在喀布尔找到"潮人同款"的概率,比让男人也穿上茶达里走上街的概率还要低。夏瑞诺区的那几个"购物中心"里面卖的都是杂牌鞋,也许没见过世面的人会觉得很高级,但迪巴连去那里的兴趣都没有。

比起崭新的杂牌鞋,迪巴、沙伊德和他们的朋友们更喜欢去市区的二手市场碰运气。一天,沙伊德的朋友穿着一双九成新的"踢不烂"登山靴,他说这是经过一番讲价后,花了2300阿富汗尼买到的。"兄弟们,二手市场新来了一批货,骆驼、踢不烂、还有猫牌[1],这可真是让人毛骨悚然的名字,但它们的鞋真漂亮,不是吗?"那位朋友抽着美国香烟,拿着美国手机,穿着美国靴子,即使连护照都没有,却对美国品牌如数家珍。

迪巴说也想去市场看看,沙伊德马上腾出一天时间,开车陪迪巴去市中心购物。去市区的路上会经过一些政府机构和各国使馆,他们的围墙外竖着一排高大而厚重的水泥墩子,使路过的人们看上去像一

---

[1] 这里指Caterpillar(卡特彼勒)牌皮鞋,"CAT"是品牌缩写,说话者并不知道这是缩写。

个个小矮人。每一个路口边,都停着一辆皮卡,上面站着手持机关枪的士兵。迪巴看着窗外喃喃自语:"Jaan,我们用铁丝卷围起的小院,种着玫瑰的后花园,只不过是自欺欺人罢了。"沙伊德握住了迪巴的手,用拇指轻轻地摩挲着她的手背。

　　二手市场在阿卜杜勒·拉赫曼汗清真寺对面的小巷里。清晨四五点开始,这里已人声鼎沸,晚上天快黑透时才会安静下来。这是一栋苏联占领时期所建的四层简易楼,呈凹字形,每层均匀排列着十几个差不多大小的房间。楼前空地上摆了一些巨大的纸箱,里面是精明的阿富汗商人从世界各地的二手贩子那里批发来的旧衣服和鞋子。这些二手货曾经的主人不详,它们可能是被某个中产阶级家庭淘汰的,也没准儿是哪个出了车祸的倒霉鬼的。几个男人在箱边来来去去,按品相和品牌给货物分类,可以被送入那几十个房间的,都是挑出来的品牌货,无论真假,反正大部分人也看不出来。而那些杂牌子或者破损比较严重的,则被另一批本地小贩买走,过不了多会儿,就会出现在达利亚河另一侧街边的平板推车或地面铺着的塑料布上。那里是另一个世界,是迪巴和她的朋友们同样不会涉足的购物场所。

　　沙伊德跟着迪巴,穿过那些纸箱子和散落一地的打包带,随便走进一间没有那么多人的小屋。房间面积不足5平方米,靠墙的架子上紧紧地码放着各式各样的户外鞋,不过都是单只。客人如果挑中了,店主才会从只有他知道的地方,迅速地找到另一只递过去。他们的眼神都像鹰一样,很少有人能从他们的眼皮底下偷到东西。

达利亚河另一侧的路边摊市场
2013.09

沙伊德和迪巴对视了一眼，二人对架子上真假混卖的"踢不烂"露出心照不宣的笑容。迪巴试了几只鞋，不是偏小就是上脚丑，又或是品相不好，沙伊德在一旁耐心地向店主问价，还时不时地转头为女友提意见。过了一会儿，沙伊德发现了一只深灰色的麂皮高帮靴，橡胶鞋底擦得干干净净，像全新的一样，他赶忙捏着鞋头递给迪巴，得意又顽皮地眨了下眼睛，一番讨价还价后，老板拽下一只塑料袋，将鞋装在里面递了过去，他们只花了1800阿富汗尼。

二人在一楼又逛了一圈才上了二楼，楼梯拐角处的商铺门口，一个看上去十分机灵的伙计主动向他们搭话："祝您平安。你们是在找什么特定的牌子吗？"

"添柏岚。"伙计听罢一脸严肃地点点头，示意他们在原地稍等。沙伊德俯身将两个胳膊撑在栏杆上，打趣说他决定牺牲一下，用自己比迪巴大4码的脚帮她好好撑一撑新鞋，让她穿得更舒服。大约5分钟后，伙计再次现身，表情认真地递给沙伊德一双黑色的、像已被穿了500年的老式男皮鞋，一股怪味儿，皮面像砂纸一样粗糙，鞋帮上隐隐可以看到"踢不烂"的商标。沙伊德看着鞋哈哈大笑，迪巴也在一旁捂着肚子，边笑边艰难地对那个伙计说："谢谢你，但我想买的是靴子。"

两人谢过仍试图把老式皮鞋推销出去的伙计，继续往三楼走去，沙伊德边上楼梯边笑着说："那哥们儿真是个人才，这么快就能从楼后面的垃圾箱里把那双鞋给翻出来。"

迪巴买到了她喜欢的鞋，沙伊德也就对购物失去了兴趣。他们下了楼，一个男孩已经把沙伊德停在路边的车擦干净了。沙伊德摸出钱包，给了那个等在一旁的男孩30阿富汗尼，比正常价多了两倍。男孩看上去不过10岁，衣服并没有比擦车巾干净到哪里去，他接过钱，右手放在左胸口不停地道谢："感谢您，好心的叔叔，愿安拉保佑您，感谢您。"

回家时他们走阿斯玛伊路。刚开过加油站时，后面来了两辆美国

（上）单只挂在墙上的鞋
2018.03

（下）美军规定当地车必须与他们的任何车辆保持近10米的距离
2013.09

巨型装甲车,大概三米高,长度是高度的两倍。开在前面的那辆不停地按着喇叭,车顶的两个扩音器也传出了发号施令的声音:"所有车辆迅速避让!所有车辆迅速避让!"

和其他司机一样,沙伊德慌忙为这些美国人让出了一条路,同时嘴里咒骂着:"上个礼拜一辆小巴被这些混蛋炸掉了,里面有个孩子,是萨马尔的远亲。"迪巴没有说话,只是直直地看着前方,他们的车与第二辆装甲车相距约10米,在三车道的马路上,所有车辆都跟在沙伊德和迪巴的车后,规规矩矩地减速行驶着,也不再有人乱按喇叭。迪巴的目光,落在装甲车的尾部,那里用达利语和普什图语写了两行字——"保持距离,否则有权射击"。装甲车加速行驶过一个十字路口,这两行字也随着距离的拉大,一点点地模糊,直到再也看不清楚。

04 / 生于赫拉特：

武术老师卡瓦利

12 英寸彩色电视里的武打世界

贾拉尔的一去不返，让卡瓦利的记忆空白了许多地方，吃饭的地方、存放毛毯的地方、去巴扎的地方，还有他抱着小卡瓦利看电视里的 Bruce Lee（李小龙）、Jackie Chan（成龙）的地方。

玛丽亚姆最常做的事，就是背靠着房间里还没抹腻子的夯土内墙，揉着自己那双得了白内障的眼睛，一声接着一声地叹气。这个习惯从她发现丈夫又娶了个老婆时养成，在大儿子哈桑离家出走后，变得更加频繁起来。

1997 年是塔利班执政的第二个年头。赫拉特，这座生活着 30 万人的阿富汗第三大城市一片萧索，街头饥饿的孩子随处可见，缺手断脚的乞丐在赫拉特城堡外的泥土地上缓缓爬行。吉布里镇位于赫拉特市区西北处，是个哈扎拉族[1]聚居的小镇。哈扎拉在达利语中意为"一千"（Hazār），很多哈扎拉人相信自己的祖先是蒙古"千户"[2]统领的士兵，西征时由于某种原因留在此地繁衍生息。近代的科学研究证实了这种猜想，在三分之二哈扎拉男性的 Y 染色体中，都带有一种蒙古人种的独特基因。阿富汗人都喜欢说："你永远看不出一个哈扎拉人的年龄。"的确，相对于境内其他高鼻梁深眼窝的欧罗巴人种，哈扎拉人看上去总是比其他民族的同龄人年轻许多。因为是什叶派，几个世纪以来哈扎拉人都被统治阶级视为异端。这里的状况比市区还要糟糕，人们几乎足不出户，邻居们的经历可不乐观——出去了很可能就回不来。

贾拉尔在镇上有两家经营房产中介业务的铺子，他从去年开始，就把一部分积蓄通过"哈瓦拉"[3]秘密地汇到了伊朗，这年春天的一个

---

1 哈扎拉族（Hazara），阿富汗境内的第三大民族，绝大部分族人属于伊斯兰教什叶派。

2 千户制是蒙古汗国一种军政合一的制度。千户是世袭要职，可统领一千人。

3 哈瓦拉（Hawala），意为"约定好的票据"或"交易用的账单"，指一种独立于传统银行金融渠道的非正统汇款系统，服务费用低廉，相对高效。

下午,他和妻子玛丽亚姆带着4岁的卡瓦利和年长些的哈桑,付了价格不菲的人头费,坐着一辆打通了关系的小轿车,一路向西逃到了伊斯兰卡拉关口,从那里进入伊朗,前往首都德黑兰。"哈瓦拉"起源于公元8世纪的丝路贸易,这种非正式的地下汇款系统完全基于人与人之间的信任,如今依然在伊斯兰世界中被广泛地使用着。大多数阿富汗人压根儿没听说过西联汇款,也多没有身份证明来使用这种来自西方的高级玩意儿。他们不喜变革,"信任是最真实的硬币",就这么遵从着祖辈的经验最好。

图中围着头巾、戴着大檐帽的就是"哈瓦拉"系统中最底层的人员——街边的换汇者
2013.09

生于赫拉特：武术老师卡瓦利

生活在德黑兰的头两年，一切都是好的：水龙头流出的水是洁净的，电灯散发着柔和稳定的光线，可以一直亮到入睡，安拉还给了贾拉尔一家当时最需要的东西——平安。只是哈扎拉人在阿富汗，是属于什叶派的"少数派"；而到了同样是什叶派的伊朗，又成了不是伊朗人的"少数派"。过去的30年中，伊朗接收了太多的阿富汗难民，民众们的态度与早期相比，已发生了180度的大转弯，曾经深到骨子里的同情如今被眼中不加掩饰的反感所取代。伊朗人开始抗议，他们抗议这些外来者抢走了本该属于他们的工作，让食物变得更贵，让这里不再安全。

像贾拉尔一家这样在2001年以前入境的难民，伊朗政府将他们登记在一个叫作"阿玛耶"的难民系统中，并发放阿玛耶难民卡（Amayesh Card），之后每年缴纳20美元的手续费登记更新。拥有这张卡片等于有了合法的难民身份，可以离开居住区前往其他城市，不会被驱逐，可以租房，子女也有了受教育的权利。但即便是手握阿玛耶卡的阿富汗人，在生活上仍有诸多限制，比如只许在特定的区域租房子，一些银行下午两点才允许难民进入，给他们的工作也只有搬砖砌瓦、垃圾填埋等本地人不愿意做的、最脏最累的营生。贾拉尔的钱，不少都偷偷塞给了警察，以换得家人一时的安宁，虽然生活时有不便，但卡瓦利和哈桑出门玩耍的时候，玛丽亚姆至少不用担心他们被不知道从哪里飞来的流弹击中了。

卡瓦利三年级时，美国入侵了阿富汗，塔利班政权被推翻，很多阿富汗难民（不论合法或非法）都回到了阿富汗。贾拉尔回吉布里镇参加弟弟的婚礼，一走就再无任何音讯。玛丽亚姆忐忑不安地等了三个月，丈夫留下的钱花得差不多了，他却仍不见踪影。她托了人，打听到的消息却是——贾拉尔又结婚了。带话的人讲，新媳妇足足比她年轻20岁，他似乎被那个女人彻底迷住了。

手中握住一串粉色念珠的贾拉尔
2016.05

生于赫拉特:武术老师卡瓦利 | 195

贾拉尔还在吉布里镇买地盖了新房,连厕所的内墙都贴上了带花纹的瓷砖,迎客厅的地面上更是铺着市面上能买到的最好的手工地毯,他甚至还托人从南部带了几只最大最圆的红石榴,这种象征爱情的果子在战后格外珍贵。带话的人还说,贾拉尔刚刚通过"哈瓦拉"给玛丽亚姆汇来了半年的生活费,同时捎来一句话——"阿富汗的局势还没有完全稳定,你和孩子先安心地待在那里"。

哈扎拉族人多为一夫一妻制的坚决拥趸,所以这娶了新媳妇的事,对玛丽亚姆来说,就像晴空中突现的一阵飓风,刮向了她如细沙粒一样经年堆起来的幸福。玛丽亚姆还记得贾拉尔曾经夸赞她的那些宝石般的句子,说她是他一个人才可以闻到的夜来香[1],说他沦陷在她像丝绸一样柔软的头发中,还说她的声音比最会唱歌的布布鸟还要轻盈,可以抚平这世界带给他的所有烦恼。她几乎可以肯定,这些美妙的句子,贾拉尔已经情意绵绵地说给那个小女人听了。

也是从那天起,卡瓦利开始听到母亲的叹气声——从腹腔的深处、心脏的下头,轻吸出来的无奈,呼在没有帕代尔气息的家里,十分清晰地印在卡瓦利儿时的脑中。贾拉尔的一去不返,让卡瓦利的记忆空白了许多地方,吃饭的地方、存放毛毯的地方、去巴扎[2]的地方,还有他抱着小卡瓦利看电视里的 Bruce Lee(李小龙)、Jackie Chan(成龙)的地方。

贾拉尔再婚后似乎格外繁忙,一年里也就有时间来伊朗一次,每次住不满一个礼拜就心急火燎地往回赶,理由是"放心不下生意"。帕代尔在家的时间虽然短暂,那几天却是卡瓦利一年中最快乐的日子,比古尔邦节[3]还高兴。帕代尔总会先抱着她转上好几圈,再往她的衣兜里塞点儿小礼物,其中有她最喜欢的库鲁特[4],婴儿拳头大小的就可以舔着吃上很久。最初几年贾拉尔还能汇来足够的钱,后来局势不好,钱也就越来越少,终于有一年开始,他连来伊朗的路费也拿不出了,自然一家人也就再没收到过从"哈瓦拉"中汇过来的生活费。

1 玛丽亚姆(Maryam),达利语,意为"夜来香"。

2 巴扎(Bazaar),即集市。

3 古尔邦节(Kurban/Ei-dal-Adha),又称宰牲节,与开斋节、圣纪节并称伊斯兰教三大宗教节日。

4 库鲁特(Quroot),达利语,指一种硬酸奶块,最初是阿富汗牧民为了过冬而制作的奶制品,可当零食或用来炖肉以及熬汤。

将库鲁特用水不断地揉搓,融化的酸奶浆
可以用来炖肉,做汤
2017.01

玛丽亚姆只好跑到联合国难民署的办公室，填写表格，申请自愿返回阿富汗。一个礼拜后，在德黑兰东部的卡瓦兰车站，卡瓦利和母亲分别抱着一个不满周岁的双胞胎兄弟站在一辆集装箱卡车前，哈桑将他们的全部家当递向车里的伊朗工作人员，领到了联合国发放的200美元补助，又经过数天的奔波，他们回到了一别九年的吉布里镇。

贾拉尔安排他们住在离自己新家两个路口外的一座平房里。"新媳妇"没露过面，玛丽亚姆每个礼拜都可以见到丈夫，睡在他身边一天或者两天，卡瓦利记忆中空白的地方也迅速地被帕代尔和各种声音填满了：双胞胎兄弟的啼哭声，窗外时不时的爆炸声，贾拉尔和哈桑巨大的争吵声，以及每天仅有的几个小时的供电时间中，从伊朗搬回来的那台12英寸的彩色电视机里传出的中国功夫的哼哼哈嘿声。

停电时，柜子里那台12英寸
彩色电视机就成了摆设
2016.04

时局不好，贾拉尔没有足够的钱供养两个家庭，也因如此，他看着哈桑整日赋闲在家就气不打一处来。他认为哈桑已经成年，可以去做警察[1]，每月的工资足够贴补这个家庭的日常花销。每逢父子争吵时，玛丽亚姆是不能插话的，连很受帕代尔疼爱的卡瓦利也不行，她只能坐在玛代尔的旁边，脚踩着小缝纫机的踏板，让"咔咔咔"的齿轮声，盖住玛丽亚姆的叹息。

"帕代尔一定是气糊涂了才说出这样的话，现在做警察多么危险啊！哈桑是阿富汗人，塔利班里也有很多阿富汗人，我们阿富汗人为什么要自相残杀？只有没受过教育的蠢蛋才会认为暴力是解决问题的唯一方法。"卡瓦利踩着缝纫机，看着帕代尔和哥哥一张一合的嘴唇，心里默默地想着。

日子一天天过去，贾拉尔拿出了一些钱，又向朋友借了30万阿富汗尼，买下了一块地，盖了一栋两层小楼，玛丽亚姆一家搬进了一层，借钱给贾拉尔的那家人住在第二层，用借款的利息抵消房租。新家的地面上虽然只铺着巴基斯坦生产的廉价机织地毯，厕所里也没有贴着带花纹的瓷砖，但家里被卡瓦利收拾得井井有条，每天打扫一遍的夯土内墙上还挂着一家人在伊朗照的全家福。

玛丽亚姆说卡瓦利比自己年轻时还要漂亮，女儿手脚细长，身材匀称，杏仁形状的眼睛黑白分明，两条眉毛就像用最黑的炭笔精心画上去的一样，齐整地长在饱满的前额下方。双胞胎兄弟的个子长得飞快，卡瓦利有了自己的闺房，窗台上还摆着一束塑料花。虽然白天这个小房间堆叠着一家人的铺盖被褥，但天黑后就成了只属于她一个人的小天地。

---

[1] 阿富汗警察的薪水为每月200—300美元，远高于阿富汗人的平均工资。与此同时，据阿富汗安全部队的死亡报告显示，2007年至2013年间，每年都有近2000名警察因公殉职，而这一数字在2014年后骤增至近7000人。

生于赫拉特：武术老师卡瓦利

卡瓦利
2016.04

巴扎中的副食店里有各种各样的调味料
2016.05

  高中毕业后,卡瓦利没有再念大学——家里没有余钱供她,她原本对读书也没什么兴趣。很多女孩大学毕业后都找不到工作,像卡瓦利这样只有高中学历的更是难。贾拉尔向玛丽亚姆提出,应该早日给卡瓦利说门亲事,眼见着妻子脸色沉了下来:"我已经很难见到自己的丈夫了,现在,你又准备让我见不到自己的女儿吗?"

  这话题也就没能继续下去。

全家人已经习惯了贾拉尔每周只留宿一晚的日子,即便这样,也没耽误他给这个家新添了一个小女儿。爆炸声很少再响起,市集上也热闹起来,又可以闻到豆蔻、姜黄、孜然等各种调味料的辛香。吉布里镇主街的马路还新铺了一层水泥,虽然没过多久就隐隐地出现了一条条的裂痕——不光男人,被黑色茶杜尔包裹全身的女人们也会急匆匆地低头从上面走过。

春去秋来，时间转眼就到了 2013 年，那年发生了几件令卡瓦利印象深刻的事。第一件是贾拉尔在和大儿子的又一次争吵中，抬手给了他一个耳光。哈桑捂着火辣辣的脸蛋，深深地盯着贾拉尔，嘴巴动了动："从你把我们扔在伊朗的那天起，我就没打算再认你这个帕代尔了。"说完，他走到已开始轻声抽泣着的玛丽亚姆身边，紧紧地抱住了她，低声说道："玛代尔 Jaan，等我有了本事，就回来把你和弟弟妹妹们全都接走。"说完，他拉开门就跑了出去，身后是玛丽亚姆绝望的哭喊："你为什么要来……你不来……我的哈桑就不会走……"

第二件事是，这个鲜少见到外国人的镇上竟来了几个韩国人，他们每天在镇上走走停停，没过多久，就在主街开了一家跆拳道馆，上课免费，不但赠送学生道服，每天还有一个鸡蛋做早餐。

第三件事是，跆拳道馆开业不久后，邻居家的姐姐告诉卡瓦利，一个刚从伊斯法罕[1]回来的男人将镇郊的一栋废弃厂房租下，办了一家教授中国功夫的武馆。很多原本去跆拳道馆的男孩，都跟家里人讨了 200 阿富汗尼的学费，转去武馆学功夫了。

卡瓦利不禁想起在伊朗时，她靠在贾拉尔的臂弯里看的那些中国功夫片，比起享誉世界的 Jackie Chan，卡瓦利更喜欢影片中的那些杏目圆睁、身上被打了马赛克[2]的女星，她们挥拳飞腿的潇洒动作，打那时起就在小卡瓦利的心里生了根。待贾拉尔再来的时候，她鼓足勇气，表明自己想去学中国功夫。

贾拉尔捻着念珠，半晌才说了句："Bale，Bale。"大儿子被他一巴掌打跑了，依旧杳无音讯，若卡瓦利闹出个什么事，玛丽亚姆怕是一辈子也不愿和他说话了。

说服玛丽亚姆倒是让卡瓦利费了一番功夫。自哈桑走后，玛代尔终日叹气，手里紧紧地抓着大儿子当日落下的围巾，担心他是不是吃得不够饱，有没有可以避寒的屋檐，会不会被外面的炸弹误伤，她一天三次祷告，虔诚而迫切地恳求着安拉，让她那个独自在外的儿子早点回家，哪怕只要能平安也好。所以当卡瓦利说出自己的想法时，玛

[1] 伊斯法罕（Isfahan），伊朗中部城市。

[2] 由于宗教观念，伊朗电视台在引进外国影视剧时，会为女演员露出的颈部和四肢上的皮肤打马赛克。

丽亚姆刚止住的眼泪又流了下来，她用才半干的手绢擦着眼泪，喃喃低语着："无所不知的安拉啊，我要怎么办？我的大儿子走了，现在我的这个女儿又要去学什么功夫……"

卡瓦利捂住自己的脸，因手指压迫眼球而"看到"五颜六色的形状在眼皮里如万花筒般变换，没有钱上大学，每天所有的精力都用在了扫地毯、烤馕、冲洗后院以及照顾三个弟弟妹妹身上。她第一次想要为自己争取一样东西，想穿上那些用绸子做成的漂亮武术服，拿着一柄长剑威风凛凛地挥舞，也许有一天还可以去中国拍个功夫电影……

"玛代尔 Jaan，我的玛代尔 Jaan，抬头看看您的卡瓦利，我就像一只张开翅膀的小鸟，您怎么能让我再像蚂蚁一样爬行呢？我只是想学武术而已，除了这个，一切都没有任何改变啊，帕代尔说他会付学费，他还会亲自送我去武馆……"

这时，玛丽亚姆已经完全沉浸在哈桑出走带给她的痛苦中，她顾不上说话，只是低声呜咽着，眼泪再次浸满了手绢，又滴在了机织地毯上，在上面画出了一块残缺的图案。

镇上第一个"吃螃蟹"的女孩

  看着这只螃蟹,卡瓦利一脸茫然,微笑着连连摇头,不明白我为什么会把她比喻成一个要吃这种奇怪东西的人。

  贾拉尔推开漆成天蓝色的铁门,领着卡瓦利走进院子。右手边是个水泥垒的矮池,没拧紧的水龙头正哩哩啦啦地往外淌着浑黄的自来水,武馆门前站了一个略微发福的中年人,他身穿一件质地精良的夹克,肤色很深,腰板笔直,发际线因过早"撤退"露出了微微发红的额头,看起来却不凶,甚至一脸和气。卡瓦利紧了紧身上的茶杜尔,跟在他们身后走了进去。

  武馆内层高 6 米左右,靠房顶处开了一排贴着报纸的窗户,内墙用夯土抹过,只不过远没有卡瓦利家中的精细,估计出自一个还没出师的学徒,泥块糊得高低不平,到处都是冒出半截的稻草。武馆的地面上铺着一张张一米见方的蓝红双色软垫,散发着浸足了汗水的酸味。正对小门的夯土墙上贴了两大幅海报,左边是一位身着白衣的盘髻老者,单腿站立,另外一条抬高一百六十度的腿停向空中。海报下立着两根刀头棍,刀头下有一圈红缨,旁边敞开盖的铁箱中放着几柄大刀,还有各式短棍。右面的海报是一个双手叉腰的红衣少女,踢起的一条腿正好挡住了脸。卡瓦利忍不住在心里把那女孩幻想成自己,仿佛她才是那个穿着红绸子武术服的人,一踢腿就能过头……她想得那么高兴,20 岁的脸上哪里藏得住渴望,但初见老师的陌生和拘谨,又让她咬着嘴唇,努力让自己看上去沉稳一些。

写有英文"武术"字样的吊式沙袋
2016.04

帕代尔和中年人的交谈告一段落,他唤来卡瓦利,声音洪亮地说:"卡瓦利,这是沙里夫·拉扎伊先生,以后就是你尊敬的老师了。"

卡瓦利紧抓着茶杜尔,低下头,发自内心地说了一句:"愿安拉赐您平安,尊敬的奥萨德[1]。"

> 1 奥萨德(Osad),达利语,意为"老师"。

对于阿富汗和伊朗来说,1979年都是历史上极其重要的转折年份:阿富汗被苏联入侵,由此开始长达40年的动荡时期;伊朗发生了伊斯兰革命,霍梅尼建立了政教合一的伊朗伊斯兰共和国,并当选为国家的最高领袖。沙里夫的父母也是吉布里镇人,在苏联刚刚将第一批胡子都没有长出来的士兵派到阿富汗时,一家人就逃去了伊朗,作为最早一批来到伊朗的阿富汗人,他们得到了最大的善意,这种善意以时间为节点,随着逃难入境的阿富汗难民增多而递减。

有着同样宗教信仰的什叶派阿富汗人,以悲惨逃难者的身份前来的沙里夫一家,得到了因革命而无人居住的院子,有人送来新衣服,有人带给他们面粉、豆子和油,甚至还有慷慨的人,带钱给他们。沙里夫是多么幸运啊,他没有看到苏联人杀阿富汗人或者阿富汗人杀苏联人,更不用目睹之后阿富汗人的自相残杀。

那时中国功夫片正风靡全球,即使在革命最热火朝天的年代,伊朗人喊完口号仍会坐在电视机前,津津有味地看着屏幕上的李小龙拿着双截棍上下挥舞。沙里夫10岁时如愿以偿,去了伊斯法罕最大的中国武馆学习武术,一练就是近30年。

说起来,沙里夫算是衣锦还乡。他教了10年武术,别说伊斯法罕,就是在整个伊朗的武术界中都小有名气。他同时为4家武馆工作,这些年培养了几百名武术学员。在那儿教武术还是高薪,每月都可以挣得200万土曼[2],他用做教练的钱娶了漂亮的表妹,为自己的婚房添置了38英寸的彩电,还买了一大张纯手工编织的波斯地毯铺在地上。"我的女人,我要给她最好的。"这是他对表妹的承诺。

> 2 土曼(Tuman),伊朗货币单位,1土曼=10里亚尔。当时200万土曼的购买力约合今日人民币4000元。

生活富足,衣食无忧,可沙里夫有个执念,从不再为生计发愁的那天起,他就一直惦记着,让武术能在故乡发扬光大。经过日复一日的努力,沙里夫终于说服了不情不愿的妻子,将积蓄通过"哈瓦拉"汇到了吉布里,夫妻俩带着一大箱子练功器具和刚满5岁的女儿离开了伊朗。

从伊朗带回来的武术用具,很多都已经被多次修补过了
2016.04

经过一段时间的观察，沙里夫发现，卡瓦利虽然错过了学习武术的最佳年龄，但她四肢修长，柔韧性好，是个练武的好材料。阿富汗除了大学和少数私立学校有男女同班之外，其余所有的教学场合男女都要分开授课。此时的武馆只有卡瓦利一个女学员，即使哈扎拉人相对不那么保守，玛丽亚姆还是决定陪同女儿一起上课。

沙里夫送给卡瓦利一双练功鞋。从那时起，卡瓦利每次来到武馆，脱下身上的茶杜尔后，都会先从提包里拿出一个厚厚的塑料袋——里面放着她的宝贝鞋。她换好这双侧面印着两条红杠的软底鞋后，才开始像小鹿一样，欢快地在练功垫上一圈一圈地奔跑热身，待下课后再将鞋子放回塑料袋中仔细系好，用提包一路拎回家。

自从沙里夫带着憧憬的表情对她说起"每个中国家庭都有一套祖辈流传下来的独门武功"后，卡瓦利就渴望着能赶紧学会套路拳，然后参悟出一套"卡瓦利的独门功夫"，但学了几个月，除了热身时能从最初的5圈跑到20圈，能下一字马之外，她只学会了左手抱右拳，像沙里夫一样喊出"LAOSHI！"——沙里夫告诉她那是"奥萨德"的中文发音，中国人都是这样向自己的武术老师问好的。

终于有一天，当卡瓦利无精打采地把练功鞋放在塑料袋里时，沙里夫背着双手走到她身边，有点酷地说了句："下次来上课前吃饱了，套路拳打起来是很耗体力的。"

那天晚上，卡瓦利做了奇妙的梦——她穿着一件黑色缎面的练功服，它是如此柔软，仿佛本就是身体的一部分。她下了马步，举手推拳，进而腾空飞脚，打出了一套从没有在沙里夫的电脑视频中看到过的拳法——她的"卡瓦利神秘拳"。

沙里夫的武术老师告诉他，中国武术要"冬练三九、夏练三伏"，现在，他把这话原封不动地传授给自己的学员。卡瓦利很听话，即使在不去上课的日子里，起床后也会把套路拳打上几遍，再去打水烧茶，准备一家人的早饭。

玛丽亚姆最初在女儿上课的时候，总是心不在焉地坐在一旁，盯着铁门，沉浸在自己的悲伤中。但几次课后，她看着卡瓦利奔跑的身影，脸上晶莹的汗珠，女儿那种由内而外的快乐开始慢慢地感染她，让她紧锁的眉头终于有了松弛的迹象。

笔者画给卡瓦利的那只螃蟹
2016.04

我对卡瓦利说:"在中国,如果有一个人先于他人,勇敢地去做某件事的时候,我们就叫他'第一个吃螃蟹的人',你是镇上武馆中第一个女学员,所以你就是吉布里镇'第一个吃螃蟹的人'。"卡瓦利抿着嘴,微微低着头,轻轻说了句:"Bale,这样啊。"然后又看着我,好奇地问:"Moomoo[1] Jaan,那什么是螃蟹?"

"螃蟹是一种生活在海里或湖里的生物,有8条腿,眼睛像两个小小的圆球。"说完,我从包里拿出笔记本,在上面歪歪扭扭地画出来一只螃蟹。

看着这只螃蟹,卡瓦利一脸茫然,微笑着连连摇头,不明白我为什么会把她比喻成一个要吃这种奇怪东西的人。

[1] Moomoo 是笔者的外文名。

你来做武术老师怎么样？

"帕代尔 Jaun，小鸟从不害怕站在细小的树枝上，因为她知道保护她的是自己这双展开的翅膀，而不是那根脆弱的树枝。"

700 余年前，蒙古大军攻破也里[1]，屠城一周，近百万人居住的城池，最后只有 40 余人活下来。时间一直在缓慢地织补着历史留下的伤痕，呼吸间，也里成了赫拉特，城中盖起了高耸的宣礼塔、肃穆的清真寺、藏书万卷的图书馆，以及一座座散落在城市之中的经学院，这里成了文人与智者的心爱之地，是曾经历史上最重要的伊斯兰文化和学术中心之一。

但 2013 年，当沙里夫回到吉布里镇时，他模糊记忆中的赫拉特街头再次一片萧索，炮火留下的坑洞还没来得及填平，身穿蓝色茶达里行乞的女人随处可见，她们多是寡妇，几十年来不间断的战争夺走了她们的丈夫，这些女人通常一只手或抱着或拉着孩子，另一只手从茶达里中伸向过往的路人，想用填不饱肚子的尊严来换点儿阿富汗尼。

因为靠近伊朗，穿着茶杜尔的女人也随处可见，但赫拉特本地出产的茶杜尔，多是带有花色的布料，不像邻国那样通体乌黑。茶杜尔在达利语中意为帐篷，有些女人觉得这"帐篷"比茶达里要好些，可以露出面部，不用从眼前那十厘米见方的细密网格中看世界；也有人觉得茶达里更有安全感，一个人走在街上，遮住脸就可以挡掉那些街上无所事事的年轻男人肆无忌惮的轻佻眼神。

[1] 也里，即今天的赫拉特。

生于赫拉特：武术老师卡瓦利 | 215

（左）赫拉特市郊，牵着狗的哈扎拉少年站在苏尔坦巴克拉（Sultan Baiqra）尖塔下
2013.09

（上）战争使无数女人成了寡妇，她们迫于生计上街乞讨
2013.09

身穿伊朗式纯黑茶杜尔的哈扎拉女孩
2016.04

每逢星期三和星期日,卡瓦利和玛丽亚姆都要披着长及脚踝的茶杜尔,步行经过伊朗援建的一座图书馆,再穿过14个路口到镇子的另一头的武馆去上课。小镇上的消息总是传得特别快,当卡瓦利可以神形兼具地打完一整套长拳时,所有人都知道贾拉尔头一个老婆的大女儿是个会中国功夫的女孩了。吉布里镇的居民对"女孩学武术"的看法分成了两派:有人说女孩去上学已经是很可怕的事了,现在又去"学打人",她们算是彻底失去了安拉的庇佑。还有些话说得更难听,这些恶言恶语传到卡瓦利的耳朵里,她偷偷地躲在自己的小房间里,靠着夯土墙哭过好几次——毕竟除了学功夫之外,她的举止装扮并无任何出格之处;好在也有一些开明的家长对此持不同看法,他们带着自家的女儿去了武馆,看完卡瓦利漂亮的长拳演示后,当场痛快地交钱给孩子报了名。

武术课前的热身运动
2016.05

在武术课上，女孩的家长们可以轮流值守，玛丽亚姆一下就轻松了很多。不过不当值，她也喜欢来武馆，和相熟的家长坐在一旁，一边看着女孩们上课，一边说说家长里短的闲话。

卡瓦利是"师姐"，课前会带着4位新学员在软垫上跑圈热身，这些女孩从未进行过如此高强度的运动，跑了三四圈就气喘吁吁地停下来，弯着腰连连摆手，喘个不停。卡瓦利只好换了热身方式，她拉起一个已经瘫倒在垫子上的女孩，让所有人跟着自己绕圈快走。

待下腰抻筋后，沙里夫坐在女孩们对面，问道："你们为什么要来学武术？"

"想让自己更强壮。"

"想保护自己。"

"学会武术，以后丈夫就不敢打我了。"这个回答引来一阵哄笑，沙里夫也忍俊不禁："你才10岁，想得可真够远的。"

"你们猜卡瓦利为什么要学武术？"沙里夫笑着看向自己的第一个女学员，"卡瓦利 Jaan，你来给大家说说吧。"

卡瓦利捂着脸，有点不好意思地小声说道："我真的很喜欢那些漂亮的练功服。"

卡瓦利无意中和沙里夫提起："奥萨德，我刚才去厕所换衣服，不小心滑了一下，练功服差点就掉进便池了。"沙里夫记在心里，隔日去买了几米白布和红布，白布在武馆入口处挂起来当门帘，还不知他从哪搞来了几根木棍，男生们下课后，沙里夫就指挥他们，用红布在武馆的角落里搭了一个女孩专用的更衣室。

等到女孩们来上课时，她们撩开铁门后的新门帘，一个叫作莎提拉的褐发女孩最先发现了武馆内的变化，紧接着所有人都争先恐后地向更衣室跑去,卡瓦利虽然可以轻松地绕着软垫跑十几圈,但莎提拉爆发力极好,是跑得最快的一个。她第一个掀开了布帘,这间3平方米的小更衣室的地上铺着深蓝色的尼龙地毯,墙上有一排塑料挂钩,挂钩左侧的墙面上还有一块边框镶有花纹的长镜。

女孩们欢天喜地,齐声欢呼:"奥萨德!奥萨德!"

(左)更衣室前的卡瓦利
2016.05

(右)入口处已破旧的布帘
2016.05

某天下课后,沙里夫示意卡瓦利留下。在玛丽亚姆面前,他诚恳地向卡瓦利发出邀请:"卡瓦利 Jaan,你来做武术老师怎么样?"那时的卡瓦利不光可以打一套完整的长拳,还学会了舞刀弄枪和一些简单的棍法。男女有别,她还会在沙里夫的指导下,替他上前纠正其他女学员不够标准的动作,其实已与老师并无二致。

沙里夫又补了一句:"当老师后,我还会继续教你新的动作,但你不用再付学费,每个月我还会付给你 1000 阿富汗尼的薪水,你可以回家和父母商量一下。我相信你的帕代尔也会认为这是一件好事。"

(上)沙里夫亲自为卡瓦利示范动作
2016.05

(右)卡瓦利对这套绣着银线的练功服爱护有加,一直穿至今天
2016.05

说完,沙里夫又像变戏法一样拿出一套练功服,这是他不久前托伊朗的亲戚在当地买好,付给了相熟的卡车司机一点辛苦费带过来的。隔着透明的塑料包装袋,卡瓦利就感受到了绸子的柔软,她取出练功服,双臂一抖,那光亮漆黑的绸衣就像她梦到的那套练功服一样,前胸和膝盖处还用银线绣出了成片的图案。她拿着衣服跑进更衣室,再出来时就像海报里的人一样,只不过比那红衣女孩更加生机勃勃。她在软垫上站定,双手抱拳向沙里夫行了礼,如行云流水般打了一套长拳。

当天晚上,双胞胎兄弟在家中打闹,玛丽亚姆呵斥了几声,一个开始哇哇大哭,另一个趁机又踹出一脚。贾拉尔转动着手上的宝石戒指,语气略有担心:"可以挣钱当然好,沙里夫是有好名声的,这倒是镇上公认的。但我担心的不是那个,而是卡瓦利Jaan,你已经20岁了,即使现在不愿意,但以后你终归是要嫁人的。我们虽不像普什图人那样保守,可'女武术老师'——唉,哪个好人家愿意娶个武术老师啊。"

卡瓦利早就想好了应对的话,她坐在帕代尔的对面,看着对方的眼睛,有些胆怯,但依然鼓足勇气,一字一句地说:"帕代尔Jaan,小鸟从不害怕站在细小的树枝上,因为她知道保护她的是自己这双展开的翅膀,而不是那根脆弱的树枝。我喜欢武术,武术就是我的翅膀,婚姻才是那脆弱的树枝。"

她竟然没有丝毫停顿,流利地把这一长串的话说完了。

贾拉尔看着女儿亮闪闪的眼睛,她坚定而有力的话,一时间竟使他无法反驳。教武术的奥萨德也是奥萨德,想想也是让人尊敬的头衔……而且……卡瓦利的工资可以贴补家用,虽然不多,但也多少减轻了他的一些负担吧。

和喀布尔同步的女子健身班

在练武时,卡瓦利眼神犀利,出拳伸脚潇洒利落;而跳操时,她就像另外一个人,眼角弯弯,活力四射。在音乐中,她周身散发着一种奇妙的光芒,带领所有人同她一起,摆动着她们或丰满或纤细的身体,她们带着香味的汗水,一滴滴地落在红蓝相间的地垫上面。

4月中旬的吉布里镇,白天太阳毒辣,没有阴凉的地方已经站不住人。很多男孩都穿着短袖来上课,可女孩不行,长长的茶杜尔下面还是要从脖颈到脚踝捂个严严实实。在卡瓦利教课时,沙伊夫总是搬把椅子坐在院里,在课程结束时才敲门进去。这样一来,馆内的女孩们可以换上短袖练功,他也可以赶跑那些偶尔来捣乱的少年。

天太热了,街上的流浪狗趴在阴凉处,舌头摊在嘴外,一个小时一个小时地不缩回去。武馆有200多平方米,小电扇根本不管用,沙里夫本来想买台伊朗产的制冷机,可镇上的小商铺中,功率合适的制冷机最便宜的也要15000阿富汗尼。武馆最好的时候有40个学员,其中34个男孩,6个女孩,学费200阿富汗尼/人,有些家里穷又特别有武术天赋的学生,沙里夫还会免除他们的学费。武馆每月房租10000阿富汗尼,还要支付卡瓦利1000阿富汗尼的薪水、水费和发电机的油费。入不敷出,沙里夫在伊朗存下的积蓄上个月就花完了,又到了该交房租的时候,他看着家里最值钱的"三大件":38英寸彩电、单反相机和波斯地毯,狠了狠心,在妻子的责骂声中,把电视机提到了镇上收二手货的店铺里。

阿富汗人对老师非常尊敬,当地人教导孩子"要像尊敬帕代尔那样,尊敬自己的老师",沙里夫为人谦和、有礼,就如之前贾拉尔说的那样,他的名声在镇上是公认的好。好名声在吉布里镇可以换来很多东西,他买不起制冷机,却从熟识的冷饮店老板那里赊来了淘汰的冰柜。每天早晨,他将几大瓶自来水放到冰柜里,学员们练得大汗淋漓时,就拎出来一瓶"咕嘟咕嘟"地喝下去,解渴降温。

哈桑依然杳无音讯。吉布里镇的电力供应也依然很不稳定。双胞胎兄弟最喜欢没有电的晚上,星空璀璨,点点烛光偶尔从窗帘的缝隙中透出。在他们跑出去"探险"时,玛丽亚姆就靠墙而坐,不发一语。小女儿懵懂地靠在她的身旁,模仿着玛代尔因思念大哥哥而发出的叹息声。玛丽亚姆的眼睛终于哭坏了,眼珠上覆着一层薄薄的白膜。她对丈夫的怨恨、对儿子的思念、对女儿的担忧都被那层白膜挡住了,一片模糊。

卡瓦利的玛代尔和她的小妹妹
2016.05

比起哥哥的音讯，武馆的艰难处境才是卡瓦利最担心的事。卖掉电视机的钱很快就用完了，沙里夫又背着妻子卖掉了单反相机，他还和学员打趣地说，希望在把地毯卷起来拎走前，就可以想出个再把它铺回去的法子。

这时，伊朗对难民的政策更加严格了。阿富汗的安全形势在好转，没有路子继续向西的吉布里人和思乡情切的吉布里人，都从伊朗回到了小镇上，很多年轻人都是第一次回到故乡，这个以前只听父母哽咽地描述过的地方。

有个叫塞拉的女孩和卡瓦利在德黑兰住同一街区，她私下向卡瓦利抱怨："这里的自来水有时发黄，喝了就拉肚子。镇上连可以散步的花园都没有，更别说什么繁华的巴扎了。一天到晚停电，家里的电视就像个摆设，灯一亮所有人都冲向插座，给手机充电，因为谁也不知道电力会持续多长时间。唉，这里真的好落后，好无聊。"

卡瓦利说："来武馆和我学武术吧。"

塞拉却撇撇嘴："我才不要。那是男孩子才喜欢做的事。不过……如果有健身班的话，我一定会第一个报名参加。"

"健身班？"

"比如带着大家跑步，或者跟着音乐跳舞什么的。我的玛代尔在德黑兰时就去过。"

再去武馆时，卡瓦利把塞拉的话转述给了沙里夫，也将自己这几天的思考一并说了出来："我觉得这个主意特别好。健身班可以收费更高一些，比如一个月300阿富汗尼，除了星期五主麻日休息外，其余的6天我们都可以开课。这样平均下来，每人每天只要十几阿富汗尼，和一个馕差不多贵，我想那些有钱人家的女孩，一定很愿意参加。"

简易秋千和钻轮胎是沙里夫
为学员们准备的娱乐设备
2016.05

沙里夫嚅嗫着，还没来得及说话，卡瓦利兴致勃勃地继续说着："而且塞拉家有网络，她主动提出可以帮我下载一些健身操视频。哦，对了，她说她的玛代尔在伊朗也去过健身班，如果我们开课，她们母女都会来参加。塞拉真好，她还帮我问了其他几个朋友，她们都说300阿富汗尼的学费不算贵，到时候可以先过来看看，再决定要不要参加。"

沙里夫的脸涨得通红，他沉默了片刻，才说道："可是这样一来，你的薪水……以前你一周教3次课，我付给你的工资是1000阿富汗尼。一周6天的话，你要上武术课还要带健身班，按说应该多给你一些钱，但武馆的房租实在是太贵了……2000吧，每个月给你2000阿富汗尼，可以吗？如果健身班报名的人多，我一定会再给你涨工资的。"

卡瓦利笑了："奥萨德，2000阿富汗尼已经足够好了。多一些人来健身的话，武馆就可以继续开下去，你也不用再变卖家里的东西了。我能继续教武术，你也能继续教我武术，这已经足够好了，你说对吗？"

健身班对吉布里镇的女人，尤其是从来没离开过这里的女人来说，是个顶新鲜的事物。她们私下里都在互相打听，看看可以和谁一起结伴去健身班参观。卡瓦利如今也成了奥萨德，是不光教武术，还带着女人们在武馆里跑步、蹦蹦跳跳的奥萨德。

塞拉和她的玛代尔是第一批交钱报名的人。沙里夫为人正直，有他的人品作保，越来越多原本只是对健身班持观望态度的人，都说服了家人报名参加。这些女人最小的14岁，最大的40岁，所有人都对"能有个脱下茶杜尔，放松运动的地方"这件事心怀感激。

在练武时，卡瓦利眼神犀利，出拳伸腿潇洒利落；而跳操时，她就像另外一个人，眼角弯弯，活力四射。在音乐中，她周身散发着一种奇妙的光芒，带领所有人同她一起，摆动着她们或丰满或纤细的身体，她们带着香味的汗水，一滴滴地落在红蓝相间的地垫上面。

生于赫拉特：武术老师卡瓦利

女子健身班的热身时间
2016.04

卡瓦利的作息时间也发生了很大变化。除星期五外，她每天早晨 5：30 要上第一节健身班，中午 11：15 上第二节，武术课还是每个星期三次，时间是星期二、星期四和星期日的下午 3 点。有武术课的日子，卡瓦利会在前一天准备晚餐时做双份的食物，给家人第二天中午吃。

每个不是星期五的日子里，卡瓦利的诺基亚手机会在凌晨 4：40 准时震动。冬天还好，人人穿着外衣外裤盖着毛毯睡觉，夏天还要提前 5 分钟起床，留出换长衣长裤的时间。借着手机屏幕发出的绿光，卡瓦利打开屋门，蹑手蹑脚地绕过已经睡得七横八竖的双胞胎、偶尔说着梦话的小妹，还有终于不再叹息的玛代尔。她走到院子里，打开水龙头洗上把脸，再回到自己的房间，抹上伊朗生产的粉底、睫毛膏，再微眯着眼，画上粗粗的眼线，最后喷上止汗剂，她没有时间天天洗澡，只有用这个让自己闻上去香喷喷的。

（上）武术课上的卡瓦利
2016.05

（下）带领学员跳操的卡瓦利
2016.05

这时一般刚过 5 点，沙里夫已经等在门外。两人在黑暗中快步穿过 14 个路口，若是夏天，到武馆时天边刚好泛白。沙里夫从卡瓦利被抢劫后，开始接她上课。那时健身班刚开不久，卡瓦利在 5 点刚过时出了门，走过第三个路口时，一个黑影拽住了她的挎包就往前跑。卡瓦利紧抓着包，下意识地使出了一个武术招式，将那人踹了个趔趄。可惜她力气不够大，也没有任何实战经验，虽然包没被抢走，但还是眼看着那黑影狼狈地跑入比他自己还要黑的黑暗中。沙里夫知道这件事后，便每天 5 点准时出现在卡瓦利家的大门外，护送她上课，风雨无阻，直至今天。

卡瓦利脱下茶杜尔不多时，学员们三三两两结伴而来，她们多为主妇和学生，上完一个小时的健身操课，再回家做饭，或去赫拉特市区上学。

武馆的早餐很简单。卡瓦利会用小号燃气炉煮上一壶茶，与此同时，沙里夫就到街斜对角那家刚打开窗户的烤馕店，花 20 阿富汗尼买下两个刚出炉的热馕。二人席地而坐，就着茶水吃早餐。

吃完饭，卡瓦利用塑料布把剩下的馕卷起收好，把茶杯冲洗干净，然后躺在软垫上再睡上一个多小时。这一天对她来说，只是刚刚开始。沙里夫家离武馆很近，为了避嫌，他吃完早饭会锁门离开，让卡瓦利一人在武馆休息。自从开办了健身班，女学员的家长似乎达到了一种共识，她们不再跟着自己的女儿来上课了。

10：00 到 11：00 的这一个小时，是属于卡瓦利自己的时间。健身操可以让那些很少运动的女人大汗淋漓，可对于一个习武者来说，这样的运动量并不够。压肩吊肩绕肩，涮腰拧腰甩腰……卡瓦利按照老师所说的顺序，每个动作正反方向各 8 次做满 4 组后，又做了 4 组仰卧起坐，每组 60 个。

工作日卡瓦利起得太早，她的被褥
都是玛代尔起床后帮着一起收拾
2016.05

如果下午没有排课，卡瓦利就会在第二轮操课结束后，和学员们一起离开。有武术课时，就在武馆和沙里夫一起吃中午饭。阿富汗男人鲜少下厨，沙里夫却因为成长在伊朗，极其善于烹饪。他最拿手的是阿富汗名菜"沙尔瓦"，几大块带骨羊肉，与切成碎末的洋葱和西

在吉布里镇的16天里，笔者每天的中午饭都会在武馆吃。沙里夫先生用这个木架箱里的炊具和极其有限的调味料将笔者喂胖了8斤。除了"Tashakur（谢谢）"之外，他最常对我说的话是——"Bishin Bishin,Bokho Bokho（坐下啊快坐下，吃啊再吃点）"
2016.04

红柿放在一起炖,因为放了鹰嘴豆和红腰豆,尝起来更像伊朗的"迪西"炖菜。待羊肉软烂后,再把馕撕成一小块一小块地放进汤汁里,吃法很像西安羊肉泡馍。两个人总是一边削土豆、洋葱,一边闲聊,谈论着哪个学员更有天分,哪个练起功夫来不够认真。

"沙尔瓦"里的馕块不会
像馍撕得那么小块
2016.05

星期五是穆斯林的主麻日，所有商店、银行、餐馆全部齐刷刷地挂起门板歇业，很多家庭还去赫拉特大学附近的塔赫塔艾沙法尔公园野餐。这也是一周中卡瓦利唯一可以睡懒觉的日子。弟弟妹妹们都会轻手轻脚，放低音调，因为无论哪个吵到了她，都会招来玛丽亚姆的责骂。双胞胎兄弟虽然顽皮，但也明白姐姐才是这个家里真正的家长，是帕代尔都不能随意指责的人。于是每到周五，他们身体的发条，都会少拧几圈，老老实实地等卡瓦利睡到自然醒。毕竟在兄弟俩的记忆中，这不仅是不用上学，还是想起来就香喷喷的、让人咽口水的日子。

是的，即使不去武馆，卡瓦利也不能惬意地休息一整天。作为家中的长女，她要给失去丈夫宠爱、又失去长子音讯的玛代尔，还有从昨晚钻进被窝就开始流口水的弟弟妹妹们，做上一顿大餐。每周五吃"大餐"是阿富汗家庭约定俗成的事。稍富裕的人家会准备两道或多道主菜，卡瓦利家则会做一种用大量时间来准备的大餐，比如博兰尼[1]，在中国也有类似的食物，我们叫韭菜盒子。

而沙里夫家的星期五同一周中的其他日子一样，没有太多喜悦的

---

[1] 博兰尼（Bolani），阿富汗家常菜，通常以韭菜、土豆、香葱作为馅料，经油炸后与酸奶一起食用。

生于赫拉特：武术老师卡瓦利

很像中国韭菜盒子的博兰尼
2016.05

气氛。他的妻子恨他硬是将原本美好的生活过成了一个悲剧,她还是这部剧中的主角。女儿去年被确诊为青光眼,可家里值钱的东西差不多都被卖光了。沙里夫妻子的收入只够家里糊口,还要不时贴补武馆的开销,根本拿不出钱送女儿去伊朗做手术。

"如果不是你非要回到阿富汗,我们就不会过得这么惨,女儿也许就不会得这个该死的病!"这句话掺着表妹的泪水,混着拌着揉在一起,像一杯隔夜的苦茶,沙里夫只能艰难地吞下。

镇中心那家跆拳道馆举办过一场交流会。在会场上,沙里夫硬

武术老师沙里夫·拉扎伊
2016.05

手靶在日常练习中使用频率极高,沙里夫从伊朗带回来的三个手靶全部出现了不同程度的损坏
2016.05

着头皮问对方能否送给他一两个旧手靶，武馆里的三个手靶已在这些年高频率的使用下，被修补了无数次，其中两个快彻底散架了。跆拳道馆的负责人礼貌地拒绝了他："我们购买这些手靶是为了给学习跆拳道的人使用的，如果你想要拿去，就把你的武馆改成跆拳道馆，以你的武术功底，稍微培训一下教初级班应该没什么问题。"

沙里夫的夹克已十分破旧，球鞋上的胶皮早就裂开了好几道口子，大部分时候他有些佝偻，只有给学员们示范武术动作的时候，才会重新挺起胸来。武馆持续入不敷出的状况让他十分迷惘，不知如今的阿富汗是否真能承载住他的梦想。

情况最好时，健身班有22位女学员。可她们所交的学费和开办武术班的收入加在一起，依然不够维持武馆的日常开销。沙里夫最终还是卷起了家中的波斯地毯，甚至放下尊严，厚着脸皮四处赊账。人们记着他的好，一次次让他在各种各样的小本子签字后，把烤馕、食用油、洋葱、西红柿等生活必需品带走。但人品总有用光的时候，理解也逐渐变成了翻起的白眼，沙里夫也知这样下去不是办法，便四处托人，看看可不可以找到一些兼职的工作。

2016年的4月，有人告诉他赫拉特市区新开了一所女子私立学校，正在招聘体育老师。他将这个消息告诉卡瓦利，二人便欢天喜地坐着电动三轮车进城面试[1]。

那家私立学校在赫拉特老城附近，一个身穿蓝灰色制服的保安，端着一挺擦得锃亮的突击步枪，威风凛凛地站在学校高耸的铁门前。沙里夫让卡瓦利站在树荫下，自己摘下帽子，上前客气地打招呼："祝您平安，我带老师来面试。"[2]

卡瓦利面试时，沙里夫站在宽敞的院子中，他看着新铺的塑胶跑道，跑道边还整整齐齐地栽着一行冬青树。他沿着跑道慢慢地走了一圈又一圈，最后乏了，走到树荫下面的石头凳子前坐了下来。

一个穿着时髦的女人与卡瓦利一起走了过来。那女人头巾几乎快

---

[1] 面试当天，他们在哈贾·哈里·莫瓦法克路的一家小餐馆二楼的女人与家庭专区，认识了正一个人吃饭的笔者。

[2] 在阿富汗的传统文化中，通常年轻男女是不能直接对话的，所以即使是卡瓦利来面试，也要由她的老师代她与保安对话。

生于赫拉特：武术老师卡瓦利 | 243

铁门之外的赫拉特老城
2013.09

落在了肩上,染成栗色的头发在阳光下闪闪发亮,令沙里夫印象深刻。他偷偷地拽了拽自己的夹克,有点拘谨地向女人点头示意后,和卡瓦利一起向铁门走去。他还特意走到保安身旁,把右手放在心脏的位置[1],向那个男人表示了感谢。

"怎么样?你们在里面聊了那么久,我猜结果应该挺不错吧?"沙里夫满怀期待地看着卡瓦利。

卡瓦利沉默片刻,然后答道:"她对我很满意,给出的薪水也很高,每个月有11000阿富汗尼,甚至还提供交通补助。唯一的问题是,这是一份全职工作。"

沙里夫拿不准卡瓦利的想法,小心翼翼地问:"那你怎么想?"

"奥萨德,明天你不是还要进城接Moomoo Jaan来武馆吗?我们应该早点回去准备。"卡瓦利微微一笑,"我只有继续做武术老师,才可以总穿着漂亮的练功服啊,不是吗?"

---

[1] 在伊斯兰文化中,这是一种非常真诚的行为,代表所说的一切都是发自真心的。

05 / 生于加兹尼：

残疾画家鲁巴巴

成　名

"我想在这里画一辆坦克,"鲁巴巴将下巴摆向画纸右下方,然后又往左挪了一点,"在房子下面我还要画上几个玩球的小孩,这幅画的名字我都想好了,就叫《战争中的童年》。"

2016年春天,随着喀布尔谢尔达尔瓦扎山顶上的积雪初融,笼罩在市区上空一整个冬天的淡黄色煤烟也跟着变淡了,美国人部署的几个远红外线监视气球又清晰地出现在喀布里的视线中,人们抱怨着,自己的隐私被"不道德"的外国人全看了个光。

与此同时,不仅是喀布尔,整个阿富汗的焦点都集中在一个叫作鲁巴巴的年轻画家身上。这个16岁的少女把自己画画的照片发在脸谱网上,引起了喀布尔今日电视台(Rah-e-Farda)的注意。他们派了一名记者上门采访,随小画家一起出镜的,是一张狼头的铅笔素描。在记者的要求下,鲁巴巴还在摄像机的镜头前,给一只鸽子的背后画出了阴影。这条不到4分钟的新闻在电视上播出后,引起了诸多关注。鲁巴巴应粉丝的要求,将自己的手机号码和刚办好的银行账号发布在社交媒体上,无数人慷慨解囊。

在那段时间,鲁巴巴位于喀布尔市郊的家每天都有十几个人慕名探望。人们送来鲜花、小礼物、各种规格的画纸,从10H到10B的全套铅笔,还有水彩、丙烯等高级外国颜料。他们亲眼见到鲁巴巴后更加触动,纷纷掏出智能手机与她合影,又把合影上传到各种社交媒体,引起了更大范围的传播。

如今的阿富汗,如同一个卧床已久的病人,也许当地媒体都厌倦

狼头素描,签名日期为阿富汗历 1394 年 11 月 22 日(公元 2016 年 2 月 11 日)
2016.12

了报道没完没了的爆炸—死亡—贪腐—贫穷，太多负面的消息扼住咽喉，让人无法呼吸。这时鲁巴巴出现了，就像病人脸上的一丝红润，为这个国家带来了一抹生机。

我听说鲁巴巴时，她已经是阿富汗著名的网红，脸谱网上的好友数量已达 5000 人上限，被 1.2 万人同时关注着，她发布的任何一条状态，哪怕只是一个微笑的表情，都会得到两三千个赞。3300 万阿富汗人中，只有 400 万人可以接触到互联网，再说当地应该还不存在买假粉丝、刷赞的衍生副业，按这个比例，鲁巴巴在当地的网红界，绝对算是深红金 V 级别。

2016 年 4 月，我在网上发布了武馆的故事，因此而结识了新华社驻喀布尔分社的摄影师拉赫马特。当得知我在写一本关于阿富汗女性的新书时，他马上就发给我几张鲁巴巴画画的照片，强烈建议我去她家看看。拉赫马特对鲁巴巴赞不绝口，他称鲁巴巴完美展现了阿富汗人的精神——永远不会被任何事击倒。

第一张照片中，一幅未完成的人像铅笔画占了大半，一个盘腿坐在地毯上的小人儿专注地盯着眼前的画板，嘴中叼着一支铅笔；下一张，这个小姑娘坐在正中央，被无数幅铅笔肖像画环绕，有人的，有动物的。这些画并没能打动我，这样普通的水平早几年在大理古城花 30 块钱，15 分钟就可到手。可这孩子，她的两只手臂弯曲着，小小的手就像仰睡在沙发上的猫咪上肢，软趴趴地垂在胸前。不同的是，猫咪可以睡醒后伸个懒腰，轻巧地跳到地上并迈着模特步走开，鲁巴巴不行，她是一个天生发育不健全的小儿麻痹症患者，虽然有一张少女的脸，身体却永远停滞在了少儿时代。

她是用嘴画画的。

拉赫马特是第二个去鲁巴巴家采访的摄影记者，但时隔半年，他领我再次探访时还是费了一番功夫。我们从市中心拦下的出租车，开到城南的达什提巴驰（Dashti Barchi）环岛旁就不肯再前行，拉赫马特只好又拦下另一辆车，上车后他跟我解释，鲁巴巴住在哈扎拉人聚

鲁巴巴用牙齿咬住铅笔,
通过摆动脖子来画画
2016.12

生于加兹尼：残疾画家鲁巴巴 | 251

集区，刚才那位司机是普什图人，他不便前往。

鲁巴巴家位于卓伊卡拉耶区，同这个国家的大部分地方一样，那些密如羊肠的小巷子，无论是曾经的国王时代还是现在的新政府时期，从未被正式命名过。人们都是这样指路的："大胡子牛肉铺那里进来，看见一家裁缝店了吗？过了裁缝店往前的第二个路口要右拐，喂——？喂——？（信号不好）嗯嗯，有一片垃圾，过了垃圾堆是个小广场，我们那里见。"

穿过灰蒙蒙的内院，我们被鲁巴巴的玛代尔直接引进会客室。一进门就是一幅挂在蓝色窗帘前的大号黑红绿三色国旗。环顾四周，墙面洁白平整，似乎刚刷了没多久，用力去嗅还能闻到一点味道。天花板做了石膏线吊顶，地上并列铺着两张深红色地毯，上面有繁复美妙的伊斯兰花纹。门口拐角处，斜靠着几束包在透明装饰纸里的人造捧花，一个三人座的木椅摆在墙边，看上去已经用了一些年头了，现在它的角色是储物架，几幅大小不一的水彩画摆在上面，木椅下方是堆积成山的白纸，还有各种绘画工具。

系着粉色花头巾的鲁巴巴坐在会客室的地毯上，见到拉赫马特，她一脸欣喜，亲昵地问好。她的声音娇柔，尾音拉得很长，说着说着就咯咯咯地笑个不停。屋中放着一个崭新的土耳其制双眼暖炉，跟从前北京胡同中家家都有的铸铁煤炉有些相像，六七节连在一起的烟筒管子从玻璃窗中伸了出去。鲁巴巴的身后是几幅带着签名的铅笔肖像画，都用黑色的木框裱了，靠墙壁整整齐齐地码了一排。

只有鲁巴巴的帕代尔回家时,一家人才会在会客室的圆桌上吃饭
2016.12

亲眼见到她本人和这些画像坐在一起,远比只看照片来得震撼。2016年夏天,在赫拉特采拍本书另外一篇故事的主人公热扎伊时,笔者曾去过一趟红十字会救助中心,为镇里的一个刚失去双腿的小孩申请轮椅。机构负责人把我们带去院子角落的一间平房,在那间阴暗且散发着臭味的矮屋中,锁着六七个因为先天身体发育不健全而被父母遗弃的孩子,他们眼光呆滞,有人靠近就紧张地缩成一团。

红十字会人手不足,所以通常这个双目失明的老人和几个孩子只能被锁在房间里
2016.05

而眼前的鲁巴巴皮肤细滑，小脸上画着眼影、涂了睫毛膏，两片薄薄的嘴唇上还抹了口红，她目光明亮，说着俏皮话时自己总是第一个发笑，乐个没完没了。豪拉带着11岁的三女儿宰纳布坐在一旁，看着鲁巴巴微笑。想到画中大片的阴影明暗都是这个16岁的女孩用嘴点点勾勒的，我佩服得不知该说什么才好，只是不停地说着："Heli、Heli huup。[1]"

"Farsi baladay[2]？"鲁巴巴眉毛一挑，眼睛转了转。

"Cam、Cam[3]。"

听见我说达利语，宰纳布眼睛一亮，兴奋地和鲁巴巴用一种我从没听过的方言开始说话，我小声地问拉赫马特："她们说的似乎不是达利语？"

拉赫马特笑了："这是哈扎拉女孩的语言扎尕里（Zagari），当周围有男孩时，她们就说这种话，只有女孩才明白什么意思。"

"Anglisi baladay[4]？"这回轮到我发问了。

"A little[5]。"鲁巴巴似乎在看我，又似乎是越过我看着远方，因为先天发育不良，她支配眼肌运动的神经麻痹，导致右眼球严重斜视。

"你从什么时候开始喜欢上画画的呢？"这样的俗问题她一定回答了无数遍。

"大概12岁吧。那天玛代尔带着两个妹妹出去了，我独自在家。因为无聊，就想随便做点什么打发时间。我试着用脚趾夹住铅笔，想在纸上对照着地毯上的花纹画画，但除了几根脚趾，我两条腿的其他部分根本动不了，画得很丑。我就换牙齿咬住笔再画，那是我画的第一朵花，很漂亮。"她吐了吐舌头，做了个鬼脸又说："画完以后，嘴里有好多口水，牙很酸。"

---

1 Heli huup，达利语，意为非常好。

2 Farsi baladay，达利语，意为你会说达利语吗？

3 Cam，达利语，意为一点点。

4 Anglisi baladay，达利语，意为你会说英语吗？

5 A little，英语，意为一点点。

"你有绘画老师吗?"

她摇了摇头:"从来没有,都是我自己一点点地画出来的。"

我问她最近在画什么。她便让宰纳布从木椅上取来一张画摆在我面前的地毯上。这应该是一幅铅笔画的半成品,左边有一棵仿佛被用力攥握过的、歪歪扭扭的小树,长在一间像是木板搭起来的简易房前,窗边坐着一个女孩;右边目前一片空白。

"我想在这里画一辆坦克,"鲁巴巴将下巴摆向画纸右下方,然后又往左挪了一点,"在房子下面我还要画上几个玩球的小孩,这幅画的名字我都想好了,就叫《战争中的童年》。"

鲁巴巴没有出名前,帕代尔穆哈默德的收入是全家唯一的经济来源。大部分外地考入喀布尔的大学生,都会住在学校附近类似宿舍的小楼里,而穆哈默德是其中一栋小楼的保安。他的工作地点在市区的另一侧,离家很远。穆哈默德每个星期四晚上回家,星期五在家休息,星期六一大早又要赶回去。鲁巴巴对帕代尔如此辛劳一周却只能挣到6000阿富汗尼愤愤不平。我听完也有同感:"很多喀布尔每天只执勤12小时的保安就拿这个数儿,你的帕代尔薪水比他们要低一半啊。"

正说着,地毯上的手机响了,一部崭新的三星触摸屏手机。鲁巴巴熟练地用涂了海娜的二脚趾划过屏幕上绿色的接听按钮,又点了一下切换成免提模式。

"祝您平安,你是鲁巴巴吗?"扬声器中的声音嘶哑,听上去像个百无聊赖的年轻男人。

"也祝您平安,我是鲁巴巴。你是谁?"她看着亮起的屏幕,柔柔地问。

"我在电视上看到你了,我是单身,想同你结婚。"

鲁巴巴还没来得及说话，拉赫马特就对着手机粗声粗气地说道：“嘿！不管你是什么人，现在的手机都是有来电显示的。如果你再敢骚扰鲁巴巴，她就会给喀布尔市市长打电话，到时候，你就等着警察去抓你吧。”鲁巴巴把自己的联系电话放在了脸谱网上，除了真心想要帮助她的人，也常常接到一些骚扰电话，让她烦不胜烦。

"有些人打电话向我买画。他们在网上私信给我一张照片，然后说付我一两百阿富汗尼的临摹费。作为一个艺术家，我希望大家能尊重我。用牙齿咬着笔作画很辛苦，每张画我至少要花上一个星期的时间呢。"鲁巴巴细声细气地向我诉说着她的苦恼。

我问她：“如果让你定价，你觉得它们值多少钱呢？”她看着天花板想了想，甜甜地回答我：“100美元。”屋内的几十幅画作散发并凝结成一股力量，让这个价格听上去是那么中肯。我那时还要在阿富汗待上三个多星期，便和她说好购买两张照片临摹画，算略尽微薄之力，给予艺术家一些小小的支持。

6：30 到 22：00

就在这时，"唑"的一声电没了，屋里顿时一片漆黑，只有阿里的笔记本电脑屏幕散发着幽幽亮光，等着看英雄救美的一家人齐齐发出了遗憾的叹息声。

比起装修得堪称本地最高标准、带着淡淡涂料味道的会客室，房子左侧门内的一室一厅充满了人间烟火味。长方形的房间被半人高的隔断分成了客厅和厨房，客厅一侧铺着污渍斑斑的卡其色腈纶地毯，隔断旁也有一个双眼土耳其火炉，上面有4个不同大小的铝制水壶。这种火炉近两年才在阿富汗流行起来，比本地产的要贵一倍，但取暖效果更好，还会大幅度降低一氧化碳中毒的概率。

到了晚上，客厅就是家里第二个卧房，火炉一侧睡着豪拉和她最小的女儿——不到一岁的小萨曼；大儿子阿里睡在客厅门口，虽然只有18岁，但他不止一次地表示帕代尔经常不在家，自己是家里唯一的男人，有保护全家人的责任。婴儿的尿布味、奶瓶味、全家人的汗味、厨房的油烟味还有长时间未洗过的腈纶地毯上的味道融在一起，显而易见这里才是全家日常活动的中心。

开放式厨房的墙壁上开了两扇窗，地上也铺了带花纹的白瓷砖，可这儿没有燃气灶，也没安水龙头。隔断旁的木架上，放着家家都有的油桶、番茄酱、白糖和姜黄，墙角还有个伊朗产的家用烤箱，柜门上的铁皮成片脱落，这种烤箱使用便携式煤气炉，顶部和底部都有火眼，可以用旋钮来调节。

除了分别通往过道和里间的木门外，这间客厅还有三扇米黄色

帕代尔不在家时,除了来客人,
一家人很少进会客室
2016.12

的铁门。第一扇铁门后是窄小的洗漱间，塞满了各种盆子，墙上靠近地面的位置装了一个只出凉水的水龙头，这个房间没有窗户，也没有任何通风装置，总是湿漉漉的。第二扇铁门通向后院，常年没人开，锁头都有些锈住了。第三扇铁门后是个室内卫生间（在阿富汗的传统风俗中，寻常百姓从不会将卫生间设计在屋里），不用说这一定是专门为鲁巴巴设计的。比起洗漱间的阴暗潮湿，这个卫生间有扇采光良好的雕花大玻璃窗，地面上铺着厨房同款的瓷砖。因为鲁巴巴只能盘着腿靠臀部左右摆动"走路"，任何时候这里都一尘不染，是家中最干净的地方。其他人，尤其是家里的男人，需要方便的时候都会自觉地去院子角落的小厕所。

鲁巴巴和三个弟妹睡在最里面的房间。这个房间大约 10 平方米，有扇朝南的玻璃窗，白日里阳光打进来，暖洋洋的，一点也不冷，就是到处都塞得满满当当，像个储藏室。全家人的被褥码放在门口，摞在一起，将近一人高；被褥旁是一个印度品牌电器的包装箱——充当全家人的衣柜，箱子底部塞满了夏装，顶部是冬装，夏天则反之；屋子最里面的旧木架上放了台 21 英寸的老式彩电，不过喀布尔的电力供应系统不大稳定，住宅区白天都是区间供电，电视通常也只有晚上才打开。房间的另一面墙上靠着一张立起的圆形折叠矮桌，大概可供八个人围坐吃饭。

清晨 6 点半，当其他人还横七竖八地睡在地垫上时，豪拉已经做完了早祷告，她先叫醒宰纳布，后者要步行 15 分钟去清真寺上 7 点钟的读经课。半个多小时后，通常是在 7 点刚过一些的时候，14 岁的二女儿莎拉也被叫醒，她要去同一所清真寺上 8 点钟的读经课。在去清真寺的路上，莎拉会碰到下课回家的宰纳布，两个人总是亲昵地蹭蹭脸，再朝着相反的方向继续前行。几个孩子中最虔诚的就是莎拉，

白天一家人的铺盖都靠墙叠放在一起，
晚上就在地毯上一字铺开
2016.12

同班同学刚可以熟练地朗读《古兰经》时,她就已能闭着眼睛,一口气背诵三个章节了。

8点时,院子里会传来摩托车的轰鸣声——阿里去学校了。这时小弟扎那才会被叫醒,他通常噘着小嘴,一脸委屈地看着还在酣睡的鲁巴巴,再揉揉眼睛,不情不愿地爬起来,自己去洗漱。

"我从来不叫鲁巴巴起床,她可以睡到自然醒,有时是8点,有时是8点半,最晚不过9点钟,她睡够了自然就醒了。"豪拉让鲁巴

莎拉的读经课上约有20名女生
2016.12

巴做任何她想做的事。

鲁巴巴醒来后，如果豪拉正在准备早饭，宰纳布或莎拉就会帮姐姐洗脸。鲁巴巴会自己挪到洗漱间门外的彩色地垫上，帮她洗脸的人先脱掉袜子，再将火炉上的烧水壶拎进洗漱间，把开水倒进地上装了自来水的翠绿色塑料水壶里。试过水温，她们会为鲁巴巴擦脸，再用手将肥皂搓出泡沫，小心仔细地给她搓洗。这些事两姐妹从小就看着妈妈做，待到七八岁时，两个人已经都可以帮姐姐穿衣服、洗脸、上厕所、洗澡，以及一切她自己无法完成的事了。

早饭通常很简单，就是馕和茶，外加每人一个煮鸡蛋。总有人为鲁巴巴把馕和鸡蛋掰成一小块一小块的，她可以自己用牙齿咬住茶杯，仰头把茶水倒进喉咙，吃一口鸡蛋就馕，再喝一口茶。

鲁巴巴喜欢边吃饭边与大家分享她的梦，她有时会梦到很大一片花丛，有时会梦到办全球巡回画展，她似乎每天都做梦，而且醒了以后还能神奇地记得。

早饭后是鲁巴巴的学习时间。她坐在客厅的火炉旁，面前摊开着一本16开的英语课本，嘴里小声地念着："white（白色），萨费德；black（黑色），斯亚；purple（紫色），巴那夫斯……巴那夫斯……"

她抬起头，一脸不解地问我："Moomoo Jaan，紫色是什么颜色？"

我环顾四周，下意识地看向她身后房间里的被褥堆——屋内颜色最鲜艳最齐全的地方，就连那儿也没有紫色。我在网上找了一张紫色的图片，举着给她示意："就是这个。"

"Thanks（谢谢），"说完她笑得眼睛眯成了一条缝，还给了我一个飞吻，"I love you（我爱你）."

课本的下一页是有关月份的学习，从1月到12月。读到4月时，她忍不住开始打呵欠，随着呵欠声一起出来的6月的尾音还没结束，

（左）每天早晨都有人帮鲁巴巴刷牙、洗脸及洗脚
2016.12

（右上）掰成小块的馕和鸡蛋，还有一小撮盐
2016.12

她的注意力已经跑到脚边的手机上。鲁巴巴用脚趾滑开手机,看到通知栏里有脸谱网的最新消息——早晨发的一条状态下又多了 200 多个赞后,她得意地努了努嘴;她又浏览了一遍别人新发送的状态,挨个用脚趾头点了赞。接着,鲁巴巴打开了相册,开始欣赏自己的自拍照,越看越有兴致。

鲁巴巴的注意力再次回到课本上,已经是 10 分钟之后了。她不好意思地耷拉着头,轻声向我解释:"对不起,可我一看书就困。"

呵欠声又响起了,读过两遍月份的单词后,她的英语学习算是暂告一段落。

"我累了,得去睡一会儿。"她挪回了里屋,把头枕在一个背垫上,不多时就发出了均匀的呼吸声。阳光透过大窗打在她拱起的后背上,蜂窝炉子刚烧起来,起居室的热乎气还没有弥漫到这个房间里,我从被褥堆中拿了一条被子盖在她身上,她眼皮动了动,呼吸更加绵长。

午饭时家里人不多,通常用前一晚的剩饭将就。菜不多,塑料餐布只会铺开一半,不会像早、晚饭时那样全部打开。豪拉手中抱着小女儿,她长得喜庆,哭声嘹亮,豪拉在中午也会吃一个鸡蛋,期望自己能有充足的奶水,可以让小萨曼吃得饱饱的。

晚饭是全家人最重要的一餐,通常会从傍晚开始准备,蔬菜、水果和主菜一应俱全。鲁巴巴饭量不大,但有一晚却吃得格外多。那天豪拉和莎拉一起做了道哈扎拉族引以为豪的菜肴——谢尔布润芝(Sher Brinj),在达利语中,"谢尔"意为牛奶,"布润芝"意为米饭。这道菜做法简单,把淘过的米用牛奶泡一个小时,再加上一勺油放在锅中旺火煮开后,转文火煮至软糯,临出锅前 5 分钟撒上几大勺糖即可。

莎拉将做好的谢尔布润芝盛到家中最大号的敞口盘上,再端到餐布中间。宰纳布举着装满了自来水的水壶,小弟扎那端着一只空盆跟在后面,让在座的人挨个洗手。阿里为每个人都盛上了一大勺谢尔布

生于加兹尼：残疾画家鲁巴巴 | 267

（上）学习时的鲁巴巴
2016.12

（下）多亏了鲁巴巴的名
气，萨曼用上了进口的
一次性纸尿裤
2016.12

润芝,鲁巴巴欢呼了一声,然后冲我眨眨眼:"I like it very much(我非常喜欢这个)."

在阿富汗,谢尔布润芝是一道主菜,要配上馕吃才算正宗,穆斯林相信分享让食物更美味。在这里,没有人会拿着馕直接上嘴咬,通常情况下,豪拉会像扔飞盘一样把馕扔到大家的面前,相邻的两个人分食一个馕,每人掰下来一大块放在自己面前,再把它掰成小块包着带奶香的甜米饭送到舌尖儿。

绝大多数阿富汗男孩不用围着灶台转,饭后收拾碗筷的永远是女孩。宰纳布和莎拉经过多年配合,已经无比默契,她们一个把所有盘子摞在一起,另一个边擦着馕渣边利落地卷起餐布;豪拉背着萨曼,哼着小调在厨房的桌台上切水果,阿里从里屋上锁的矮柜中拿出了一台崭新的笔记本电脑,靠墙坐下,屏幕背对着众人敲起了键盘;扎那和鲁巴巴坐在电视机前,等着一部叫作《Elif》的土耳其肥皂剧。听到片头曲的声音,豪拉也赶紧端着水果坐到他们旁边,这时两姐妹已经把洗干净的碗碟归位,蹦跳着进了屋。

除了阿里,家里每个人的目光都紧盯着电视屏幕。主人公 Elif 是个"灰姑娘",长得美,心眼儿比长相还美,好赌的继父对她非打即骂,一心想把她卖了还高利贷。在坏继父又一次把拳头对准 Elif 时,一位英俊的警察小哥踢门而入……就在这时,"噬"的一声电没了,屋里顿时一片漆黑,只有阿里的笔记本电脑屏幕散发着幽幽亮光,等着看英雄救美的一家人齐齐发出了遗憾的叹息声。

不过,鲁巴巴和弟弟妹妹们很快就找到了打发时间的新方法,她们围坐在地毯上,一起玩着手机里的"天天爱消除"。莎拉玩了一会儿就起身去了客厅,再回来时一手提着应急灯,一手拿着个像圆筒冰淇淋形状的尖嘴彩色袋。她心真细,怕我无聊,特意找出了"海娜"给我做彩绘。

见莎拉在我的手上忙活,鲁巴巴和宰纳布迅速对游戏失去了兴趣,也挪到我身边,看着莎拉将冰凉湿润的"海娜"缓慢、均匀地涂

夹在馕里的谢尔布润芝
2016.12

在我的右手手背上。我的鼻子中全是海娜花独特的香味儿，看着逐渐成形的图案，我轻声赞叹，然后问道："接下来谁做彩绘呢？"

三个人一起用力摇着头。鲁巴巴边摇头边笑着喊："It's very bad（那可不好）."

莎拉认真地向我解释，像她们这般年纪的女孩，只有新年时，在手上做彩绘才不会惹人非议，假如明天她带着一手的海娜图案去上读经课，那么其他女孩都会认为她品行不好，在背后大加议论。

快到晚上10点的时候，除了鲁巴巴和小萨曼，全家人都从门后的被褥堆中取出每人专属的地垫和毛毯，用地毯上的靠垫做枕头，姐妹三人和小弟扎那的地垫并排铺在一起，他们将毛毯对折，穿着外裤和毛衣直接钻到里面。因为身体不便，鲁巴巴从小就和莎拉睡一个被窝。莎拉，这个14岁的女孩更像是家中的长女，她每天洗衣、做饭、收拾房间，毫无怨言地照顾着家里的每一个人。

"今晚我会做什么样的梦呢？"临睡前，鲁巴巴迷迷糊糊地说。

"I like it"（我喜欢它）

她已用脚趾夹起背包的带子，将包拖到自己脚下，我低头看了一眼手机，再抬头时，她已经嘴脚并用，成功地把包拎在了自己细瘦的肩膀上，然后一脸得意地看着我说："它在我身上显得很漂亮。I like it very much."

阿富汗有句古谚：近亲结婚是上天的旨意。

因为生活闭塞，许多阿富汗人都与家族内的人通婚，男的娶表妹，女的嫁堂哥，对方姓甚名谁一清二楚，有无疾病明明白白，还能让彩礼、嫁妆在家族内流传，省钱又省心。鲁巴巴的外公就是这种习俗的支持者，他把女儿许配给了自己的侄子，这对小夫妻感情非常好，刚结婚一年就生下了大胖儿子阿里，眉眼深邃，聪明活泼。

阿里三岁时，豪拉的肚子又鼓了起来。大多数阿富汗女人没命娇气，与怀头胎一样，她吃着自家烤的馕，睡在结婚时从巴扎买的机织地毯上，还做着家务活。8个多月时，她不小心摔了一跤，让女儿提前来到了加兹尼[1]，一个位于喀布尔西南150公里的城市，这儿的佛教遗址遍地，也曾是东方伊斯兰文明的中心之一。

几十年的战乱后，阿富汗的医疗系统近乎瘫痪，孕妇大多都不知道产检为何物，有人隐约感觉到病儿的出生似乎和近亲结婚有点关系，但更多人选择相信这是上天的安排。

在弥漫着汗液酸臭、铁锈般的血腥味的产房里，新生儿闭着眼睛，早产的身体上还覆着一层白白的胎脂，细小的哭声从那还没有一分钱

---

[1] 加兹尼（Ghazni），阿富汗东部城市。

硬币大的嘴巴中传出，她小小的手指缓慢地挥动着，似乎在努力地告诉玛代尔她对生命的渴望。

鲁巴巴能在早产的情况下存活，父母认为是安拉的庇佑，他们毫无保留地爱护着这个小婴儿。早产使鲁巴巴体质孱弱，总是感冒发烧，而药店的退烧药经常缺货。豪拉最先发现了婴儿的异样，她小小的四肢全部向里弯曲，手指最严重，根本无法伸直。随着年龄的增长，她的脊柱严重弯曲，后背顶出来一个小鼓包。在夫妻俩都愁得睡不着觉时，这个命运多舛的孩子又迎来一场持续多日的高烧，她最终被医生诊断为先天肢体发育不健全并患有脊髓灰质炎，也就是我们常说的小儿麻痹症。

为了给她治病，父母把加兹尼的院子以极低的价格卖掉了，一家人搬到了烟尘弥漫的喀布尔，租了远房亲戚家的一间小屋。可这里的医疗条件比加兹尼好不到哪儿去，塔利班政权刚刚倒台，政府医院内人满为患，私立医院又费用高昂，5年过去了，夫妻俩花完了所有积蓄，还是没能把她治好。

一个经受了数十年战乱的国家，基础设施都没有复建，特殊教育学校更是无从谈起，父母担心鲁巴巴在普通学校会被不懂事的同学欺负，索性一直将她留在家中。鲁巴巴的胳膊和麻秆一样细，小小的手掌比猫的大不了多少，经过多年的练习，她的四肢中仅能活动的三只脚趾格外灵活，嘴脚并用承担了大多数原本该手做的工作。豪拉没有上过学，只能教她背诵《古兰经》，在鲁巴巴的记忆中，她最常做的事就是坐在地毯上，看着哥哥和弟弟妹妹每天跑来跑去。

莎拉说，帕代尔和玛代尔从小就反复地告诉他们，鲁巴巴身有残疾，所以我们更要加倍地爱她。无论她要什么，只要你们有，都应该让给她。

鲁巴巴像所有花季少女一样爱美，她有20多条围巾，每天都要根据心情和衣服从中选一条自行搭配，有时一天之内还会换上好几次。她还有个黑色的塑料化妆包，里面从眉笔到口红一应俱全。从9

岁开始,每周都有那么三四天,鲁巴巴吃过早饭后会让家人帮她拿来化妆包,将里面所有的化妆用品平铺在身前。这时,鲁巴巴就对着其中的一面小镜子为自己打扮。

在睫毛根部涂抹苏尔玛是一种极其古老的风俗。苏尔玛是一种矿石,先知穆罕默德说,用它的粉末涂在眼周围有增进视力的功效,所

在朱兹詹省的阿克查村,一个熟睡婴儿的眼皮上,用苏尔玛画的眼线清晰可见
2013.10

以千百年来，阿富汗人无论男女老少都喜欢用它在眼睛上画出又粗又黑的眼线。不过几年前，科学研究证明苏尔玛中含铅，在大城市里，用苏尔玛的人就越来越少了。

鲁巴巴是少数依然在用苏尔玛化妆的喀布里，她用它画下眼线，上眼线则使用伊朗产的眼线液——她用脚趾夹住眼线液的瓶身，然后俯下身用嘴把眼线笔拔出来，再偏头换脚趾握住刷头底部，一只眼睛半眯着，画出的眼线没有一点儿毛边儿，最聪明的是，鲁巴巴用脚趾和地面的力量控制睫毛夹，自然她的睫毛膏涂得也是又快又好。

最后她用一只用了过半的深红色唇线笔画了眉毛和唇线，面前的四格眼影已经空了三格，只剩一格黑色。"I don't like black（我不喜欢黑色），但我现在没有选择，very bad（真糟糕）。"她用脚趾夹着眼影棒，在眼皮上涂抹后，再用大脚趾将眼影晕染开来。她已经这样化了7年妆，恐怕一个平日不常化妆的普通人，也比不过她上妆的速度和技术。

生于加兹尼：残疾画家鲁巴巴

从眉毛到唇线的整套化妆步骤
2016.12

鲁巴巴看着我的手机，问我它值多少钱，我说了价格后，她张大了嘴，然后就用脚把我的手机挪到身边，用脚趾头滑了几下屏幕，可能觉得不太方便，又改用舌头在上面点来点去，研究了起来。中途我把手机壳背后的指环支了起来，让她可以省点儿力气。

鲁巴巴可以用脚趾和舌头来使用手机
2016.12

她看着指环,好奇地问:"这是什么?"

我把手机翻过来,方便她仔细研究。她用牙齿咬了咬指环,又用脚趾勾了勾,然后对我笑着说:"I like it."

我向她解释这个粘得很牢,没办法拆下来,但如果过几天我回市区时在手机店看到,就买一个送给她。

玩了一会儿手机,她又对我放在身旁的蓝色单肩小挎包产生了兴趣。这是个普通的人造皮小挎包,简单的信封形状,上面的铜拉锁可能比整个包的其他部分加在一起还要值钱。包里放着我的护照和几张备用美元,我每次来阿富汗都背它,实用安全,贼不惦记。

"真好看。I like it."

我微笑着说:"谢谢。"

她歪着头看着我,又放慢语速说了一次:"I— LIKE— IT—"

我愣了愣,再次说了谢谢。

这时,她已用脚趾夹起背包的带子,将包拖到自己脚下,我低头看了一眼手机,再抬头时,她已经嘴脚并用,成功地把包挎在了自己细瘦的肩膀上,然后一脸得意地看着我说:"它在我身上显得很漂亮。I like it very much."

说完,她直勾勾地看着我的眼睛,等着我说出她想要听的那句话——"那就送给你好了"。

这样的场景完全在我意料之外,我的左手无意识地在手机上划来划去,一时竟不知该如何回答。

她又摆弄了一会儿包,见我不说话,觉得无趣,只好快快地弯下腰把身体从包带中退了出来,但还是依依不舍地用脚趾摆弄着它说:"I like it."

我没忍住,硬邦邦地回了她一句:"I like it too(我也喜欢)."

"也"字还在舌尖上时我就后悔了,鲁巴巴终归是个孩子。我打定主意,等去过其他几个城市完成这次的采拍计划,再回喀布尔拿画时,将这个包连尾款一并给她就是了。

当天晚上,我和莎拉说起这事,她有些尴尬地说:"要是鲁巴巴喜欢这种包,我会去巴扎上给她买一个的。"

我叹道:"你对她真好,真的是无条件地爱她。"

她认真地点点头:"我爱她,宰纳布爱她,我们全家所有人都爱她。如果她需要,我连命都可以给她。"

第二天下午,鲁巴巴又问我:"Moomoo Jaan,你想拍我做美容的样子吗?"

我答道:"你不需要为了让我拍摄而特意去做任何事。你只做你该做的,做你想做的就好。"

她歪着头,然后对莎拉说了几句达利语。莎拉听完,有点不好意思地看着我:"鲁巴巴说她想去做美容。"

我点点头:"好,那我们出发。"

"鲁巴巴想打车去。"

"那个地方很远吗?"

"不远。走路只需要五分钟。她出名后经常会去那里,但通常都是妈妈抱着她去。"

"我也可以抱她过去。如果叫车的话，我们需要等很久。"

"鲁巴巴想打车过去，并且你来付钱，还有做美容的钱，她也希望你替她付。"莎拉说完也觉得很不好意思，耳朵连着脖子都有些红了。

我忍住心中的不悦，对莎拉说："Jaan，你可以把我接下来说的话一字不漏地翻译给鲁巴巴吗？"

见她点了点头，我说："我尊重鲁巴巴，像尊重一位艺术家一样尊重她。这几天，我也一直是以这种态度记录她的日常生活。鲁巴巴的精神打动了很多人，也包括我，所以我承诺付200美元买她的两幅画，即使100美元对一张临摹画来说，并不便宜。如果她想做美容，她想打车，请她用她自己挣的钱去做这些事。她是艺术家，不是乞丐。"

莎拉听我说着，不断地点着头。鲁巴巴听完莎拉的转述后，不羞不恼，只是看着我，笑着说道："好的，好的。没事，那我就不去了。"

"不存在"的老师

她面前的地毯上摆着一个找开的铁盒,里面每根铅笔的尾部都有深深浅浅的牙印,有的甚至露出了里面的木头。

在莎拉第 4 次从清真寺回来,把全家人五颜六色的被褥叠好摆在门边后,鲁巴巴告诉我,今天是英语老师上门的日子。这位老师在附近一家英语学习中心工作,他在电视上看到了鲁巴巴和她的画作,当他听到鲁巴巴最大的梦想是在加拿大的阿加汗(Aga Khan)博物馆举办画展时,决定无偿帮助这位从没有上过学的艺术家学英语。

鲁巴巴呵欠连天,眼角都湿了,她让宰纳布把化妆包里的东西摊开,对着小镜子简单地画好了眼线和眉毛,我边帮着她收拾化妆包,边对她说:"鲁巴巴 Jaan,我在这里已经 5 天了,我见过你化妆、睡午觉、学英语、玩手机,但从来都没有见过你画画。你什么时候会画画呢?"

"下午,等教英语的奥萨德走了以后我就画。"

送走英语老师后,鲁巴巴靠着墙壁,用脚趾滑开手机,浏览了好一会儿脸谱网,才打着哈欠对我说:"你给我拍几张写真吧。"

"你不是说下午要画画吗?"

"等我的奥萨德来了我就画。"

"怎么又有一个奥萨德?"

老师上课时,鲁巴巴的两个
妹妹也会跑进来一起听课
2017.01

"这位是教我画画的奥萨德。"

"我记得第一天来你家时,你说过没有奥萨德教你画画啊。"

"我是说以前我没有奥萨德,'她'是4个月前才开始教我的。"鲁巴巴笑眯眯地看着我。

我走进会客室,整个屋子弥漫着浓烈的脂粉香气,一个涂着厚重粉底的时髦女孩坐在靠墙的地垫上,她刚脱下的黑色茶杜尔旁边,坐着一个皮肤黝黑的小眼睛男人。我以为这女孩是老师,便过去问好,她涂了指甲油的手捂着嘴,笑着指了指身旁那位:"'他'才是奥萨德。"

我赶忙道歉,解释着一个小时前鲁巴巴才告诉我她有一位绘画老师,而且她说的是"'She' is coming[1]"。

老师和善地点了点头:"鲁巴巴才刚开始学英语,没什么的。我原本两天前就应该来的,但鲁巴巴的哥哥打电话给我,说她不太舒服。今天上午他又给我打电话,请我务必下午过来,我就带着朋友直接来了。"

"奥萨德——"阿里抱着鲁巴巴走了进来,她拉长着尾音向老师问好。

两个人寒暄了几句,鲁巴巴便对坐在一旁的阿里小声说了句话。阿里起身离开,再回来时拿着木制三脚画板和一幅画——她正在创作中的《战争中的童年》。

老师把这张画固定在画架的凹槽上,鲁巴巴坐在旁边,安静地看着老师手握铅笔,将刚刚在手机上搜索出的坦克图片临摹到画纸上,铅笔尖的石墨划个不停,发出沙沙的声响,不多时原先画纸右侧的空白处就出现了一辆坦克的轮廓,细长而有力的炮口对着左侧歪扭的小屋。

---

[1] "她"马上就来了。

画完坦克后,老师抬眼看着我笑了笑,又低头在手机上按了几下,屏幕上出现一张几个小孩子踢球的蜡笔画,他又把孩子们的轮廓原封不动地画在了房子下面。

我走到坐在画架另一侧的阿里身旁,蹲下身小声地问:"怎么是老师在画画?"

平时英语还不错的阿里答非所问地说:"有时候,只是有时候。"

鲁巴巴看着老师把手机上搜到的坦克图片临摹到画纸上
2016.12

老师用铅笔指着画，语速飞快地向鲁巴巴解释下一步该怎么做，确定鲁巴巴完全理解后，他才问道："你要临摹的那两张照片在哪里？"

鲁巴巴弯下腰用舌头点了几个数字解开锁，用脚趾点了图库的标志，在找到我之前发来的两张照片后，她用鼻子把手机推向老师。他们一起低头看着手机的屏幕，老师用手放大了照片的阴影部分，低声和鲁巴巴交流着。我轻声问："简单吗？"

"非常容易。"她扭头给了我一个肯定的微笑。

这时，老师已接过阿里递来的画纸，对着照片，开始在画纸上描出人像的轮廓。

"我都是自己咬着铅笔画的……从来没有老师教过我……"

几天前鲁巴巴说这句话时的表情、神态依然历历在目，见我一脸惊愕，阿里吞吞吐吐地解释着："以鲁巴巴的身体状态……嗯……她用嘴勾勒出人像的轮廓其实很难，所以人像轮廓的部分……嗯……都是老师在帮她的。"

"不存在"的绘画老师
2016.12

在鲁巴巴第一天的采访录音中,她用非常肯定的语气表示,临摹画从头到尾都是独立完成的。"人像的轮廓是一幅画中最基础也是最关键的部分,如果这个部分让别人来完成的话,那根本不能算是她的画了吧。"我深吸了口气,强行把这些话咽了回去。我看向那靠着墙的7幅肖像画,其中一幅是时任加拿大内阁部长玛丽亚姆·默萨夫(Maryam Monsef)。鲁巴巴曾在不同场合多次表明这位生于阿富汗的女性是她的偶像,默萨夫女士得知后也大为感动,以个人名义捐给鲁巴巴2000美元,还托人转告她:"在如此困难的环境下,你的精神令人钦佩,我希望能给你带来积极的力量。"鲁巴巴把这件事分享在脸谱网后,又引发了新一轮的捐款,前不久喀布尔市政府还当着无数国内外记者的面,送给她两台笔记本电脑,鲁巴巴自己留了一台,另外一台给了阿里。

同鲁巴巴一起生活了5天,这是我第一次看到她做和绘画有关的事,然而画笔却握在别人手中,我感觉很不舒服,脑子也乱得像一团麻。

"画到这个程度可以吗?"年轻的绘画老师指着画纸问鲁巴巴,纸上人像的五官轮廓已经十分清晰,连法令纹的阴影都打了大概。

鲁巴巴点了点头。

"喂……"阿里把手机举到耳边,站起身去门外听电话。我趁机坐到那个满身香气的女孩身旁,小声地问她:"你会说英语吗?"

"我一直在上英语补习班。"她的声音比蚊子大不了多少,却正合我意——我不希望鲁巴巴和她的家人听到我们的对话。

"你对鲁巴巴的了解有多少?"

"鲁巴巴非常出名,一直在上电视。一个残疾女孩可以画画,我想在哪里都算是个新闻,尤其是我们的国家,战争刚刚结束,你知道人们的生活有多艰难,有多需要看到一些像鲁巴巴这样的希望。当知道我的朋友是教她画画的志愿者时,我就请他带我来看看这个厉害的女孩。"

"你的朋友是从什么时候开始教她画画的?"

"好像是从夏天开始,到现在有半年了吧。"

"直到你们来这儿之前,鲁巴巴从没向我提起过她有绘画老师的事,她告诉我所有的画都是她自己独立完成的。"

我看到她浅茶色镜片后的眼睛怔了一怔,这时阿里回到屋内,我们的对话也不得不告一段落。

后来,在鲁巴巴家的最后一天,我终于见到了她画画的样子。像前几天一样,她睡到了自然醒,吃着掰成小块儿的鸡蛋和馕,她刚刚结束生理期,还做了一次礼拜。之后,她坐在画板前,阳光从大窗斜打进屋,照在这个咬住铅笔的女孩拱起的背上,她面前的地毯上摆着一个打开的铁盒,里面每根铅笔的尾部都有深深浅浅的牙印,有的甚至露出了里面的木头。

鲁巴巴礼拜用的莫尔陶块
2017.01

她的脸上是一种我从没有看到过的表情——认真、专注,她将所有的注意力都集中在面前的这幅铅笔临摹画上。

鲁巴巴不时低头看向手机里的照片,端详着画中人脸部的阴影明暗,2B 铅笔用来画眉毛,她用嘴咬住笔杆尾部不断地朝一个方向反复地轻划;6B 铅笔用来画眼珠,比停电后的喀布尔深夜还要幽暗,只留出一点如那夜停电时阿里的电脑屏幕发出的光;4B 铅笔用来先画出脸部的阴影层次,她再凑过身去,用下嘴唇把石墨晕染开。这时鲁巴巴转过头来,冲我甜甜一笑,嘴唇上阴暗的灰也跟着明亮了,就像下了很多天雨的天空中出现的一缕明媚阳光,她的笑容是那么清澈,看不到任何杂质。

此时这幅画已完成大半,人物的五官清晰,神态也与照片如出一辙。鲁巴巴看上去也十分满意,她抬了抬眉毛,弯下腰把咬在口中的铅笔放了下来,然后轻声对坐在一旁的阿里说了几句话,我的达利语不够好,只勉强听清了"一百(Yak Sad)""两百(Dol Sad)""老师(Osad)""朋友(Dust)"这几个词。阿里很快将这番话翻译给我:"鲁巴巴说她今天感觉很好,第二幅画她想从头到尾都自己临摹,所以你的朋友应该付双倍,也就是 200 美元。现在这一幅呢,因为你和鲁巴巴是朋友,她说还是按 100 美元算。"

因为用嘴画画,从铅笔尾部的磨损程度可以看出哪几根是鲁巴巴常用的 2016.12

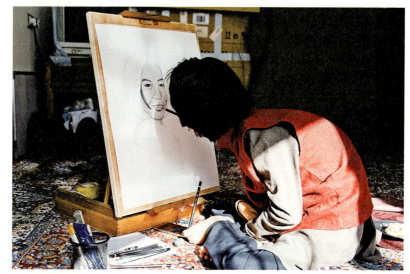
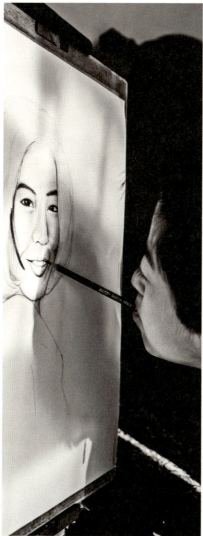

鲁巴巴画画时极其专注
2016.12

用嘴唇涂阴影的鲁巴巴
2016.12

那缕明媚的阳光顿时消失于无形，乌云密布的天又突然下起了雨，比之前的更大更急。

"阿里，当初我同意用 200 美元买下鲁巴巴的两幅临摹画，是基于她说自己没有老师，每张画都要用一周的时间独自完成；而在我知道实情之后，依然愿意付同样的价格，也只是因为当初的承诺；但是，如果鲁巴巴还想再多要 100 美元的话，那她也不必再辛苦画第二幅了。因为对买画的人来说，这画已没有原先的价值了。"

鲁巴巴听完阿里的转述后，她点了点头，无所谓地说："那就还按原先的算，200 美元，两幅画吧。"

* 后记

为了表示对拉赫马特的感谢，离开鲁巴巴家后，我请他在一家市区南部的西式快餐厅吃饭。听我讲着这几天的经历，他叹着气不断地摇头："天啊！她竟然有个绘画老师，在我的印象中，她可从没在任何电视媒体上说过这件事，而且她的二妹莎拉亲口对我讲，她爸爸的收入并不低，每个月的工资有 12000 阿富汗尼。"

"我听说在吉布里镇你付了不少钱给那个女老师还有你的翻译，这次你是不是也给鲁巴巴了？"

我点了点头："那些钱是住宿费、水电费和伙食费，本都是应该付的。"

"Moomoo Jaan，我很抱歉，你在我的国家竟有这样的经历。鲁巴巴太年轻了，她只是一个 16 岁的孩子。我是第二个去她家的媒体人。那时，鲁巴巴全家人还在共用一部手机，会客厅的地上铺着很旧的地毯，房顶没有石膏线，墙上没有白腻子，屋里也没有土耳其暖炉。"

"媒体报道使鲁巴巴一夜成名,得到无数财物捐助。她在采访中说想看看外面的世界,马上就有新电脑送到面前……"

"英语是迷失(Lost)对不对,我想她有些迷失了。"

06 / 生于伊朗：

大学生热扎伊

初　识

> 那个白衣女孩的气质与卡瓦利十分不同，巴掌大的脸上粉黛未施，眸子细长柔美，扑闪着灵光。……她步履轻盈地走到软垫中间，低头吸了口气，这时一阵熟悉的音乐声响起，竟是《故乡的云》。

初次见到卡瓦利时，我正独自坐在赫拉特一家饭馆的女性及家庭专区[1]吃手抓饭。当时她和她的老师、武馆老板沙里夫就坐在我左侧的桌子上，你谦我让地分食着一份烤肉串[2]。在阿富汗街头认识一个教中国武术的女老师的概率，要比在北京二环路的晚高峰不堵车还要低，我相信是上天安排我与卡瓦利相识，但简单说了几句话后，我发现他们的英语口语仅限于表达真诚的肯定——"oh，very good"，或者真诚的遗憾——"oh，very bad"。于是问题来了，若想得到高质量的采访内容，我需要一个女翻译，无论在世界的哪一个角落（更别说在阿富汗这样的男权社会中），很多话女人只愿意和女人说。当然，如果这个翻译再懂一些武术就更好了。

第二天，沙里夫从吉布里镇租了一辆车，将我从赫拉特市区接去了武馆，那是一座建在镇郊的破旧厂房。彼时武馆的处境已十分艰难，卡瓦利不止一次地将一半工资主动退还给沙里夫，以维持武馆的运营，但也只是杯水车薪。沙里夫待我犹如贵宾，他年长我十余岁，却先小跑到门前，帮我撩起了破旧的门帘，他是把我当成安拉派来的救星了。

我的眼睛刚适应了房间里的昏暗，就看到十几个年轻人整整齐齐地站了四排，双手抱拳躬身对我行抱拳礼，并用中文齐声喊着："早上好！请多指教！"他们身穿传统的中式练功服，仿丝绸材质，左肩画着一条长龙，一直延伸到腹间，腰上还系着一条绸带，十几张哈扎

1　只有女性和随妻子儿女同行的男性才允许进入该区域就餐。在阿富汗所有餐厅均设有这种独立用餐区。

2　阿富汗烤串（Kebab）通常按份售卖，一份烤串套餐内有5个肉串和1张馕，售价75—150阿富汗尼。

拉年轻人的面容,墙上贴的武术海报,还有音箱喇叭中传出的一首首中国老歌,我仿佛一下子穿越到了30年前的功夫电影中。

在身穿红黄色练功服的学员中,有两个人格外招眼:一个是身着黑衣、眉眼英气的女老师卡瓦利;另一个是位白衣女孩。她的气质与卡瓦利十分不同,巴掌大的脸上粉黛未施,眸子细长柔美,扑闪着灵光。沙里夫特意为我安排了一系列的才艺展示,在其他人表演完一连串的刀、枪、棍、剑后,白衣女孩步履轻盈地走到软垫中间,低头吸了口气,这时一阵熟悉的音乐声响起,竟是《故乡的云》,费翔的声音浑厚而深情:"天边飘过故乡的云……"女孩抬起左腿向旁迈开,含胸拔背地打起了太极。

热扎伊打太极时还是有一点驼背,
沙里夫在一旁不断地提醒她注意挺胸缩脖
2016.05

下课后,我和卡瓦利并排坐在两张叠起的旧床垫上,学员们害羞,站在稍远处小声议论着我这位陌生的"秦"[1]国客人。我把手轻轻地放在卡瓦利的手臂上,说这身衣服颜色很美,特别适合她。

"谢谢。"话毕,她冲女孩们站着的方向喊了一句:"热扎伊,你能过来下吗?"

那个白衣女孩应声跑了过来,我起身打招呼:"祝您平安。"

"祝您平安,您好吗?祝您健康,祝您长寿。[2]"热扎伊礼貌地说了一连串的问候语,句尾音调上扬,十分独特,是我在阿富汗所听过最有意思的,实在令人印象深刻。

她认真地将卡瓦利的话用英语翻译给我听:"老师说,她有两套黑色的练功服。这套练功服是沙里夫先生在她学会第一套拳法时,送给她的礼物,对她意义重大,只有特殊的场合才会穿。另外一套在她家里,待会儿咱们去时,她找出来给你看。"

"你的口语真棒,是我这次在赫拉特见过的人里说得最好的。"我由衷地称赞道。没想到在一个小镇中竟可以听到如此流利的英语,我不禁心中一动——这是老天给我送上门的翻译啊。

她眨了眨那双好看的眼睛,有点儿不好意思地说:"谢谢你,Moomoo Jaan。"

---

[1] "秦"是达利语中对中国的称呼。

[2] 您好吗(Khubi si),祝您健康(Salamati),祝您长寿(Zenda baashen)。

我问热扎伊:"你每天都做些什么呢?"她点点头,将我的问题用达利语翻译给了卡瓦利。我笑了,先是跟卡瓦利道歉,然后对热扎伊说:"热扎伊 Jaan,我是在问你呢。"在周围人善意的笑声中,她捂着脸叫了一声:"哎呀,我笨死算了。"
2016.05

[1] 意为一个懒惰的人向安拉祈祷，安拉都不知道该怎么帮他。

"我现在在读大学。每星期有三天去学校上课，星期二、四、日来武馆学习武术，每天下午5点还要去学服装裁剪。我们阿富汗人有句谚语，叫作'连安拉都害怕懒人[1]'。还好我不懒，只要一闲下来，我就浑身都不舒服。"她顿了顿，又补充道："等我学会了服装裁剪，就可以做衣服挣钱了。我想攒钱买护照，等大学毕业后再出国继续深造。"

我告诉热扎伊："我接下来会和卡瓦利共同生活一段时间，如果你愿意，不如为我做兼职翻译，我会付你合适的薪水，这样我可以顺利开展工作，你也可以更快地得到护照，你觉得怎么样？"

那个数目对于热扎伊像一笔"巨款"，她睁大了眼睛，下意识点了点头，接着又回过神来，慌忙摇头，还使劲摆手："不用不用。我可以免费为你翻译，你来到吉布里镇，就是我们的客人，在阿富汗，我们不拿客人的钱。"

"Jaan，你付出了劳动，就应该得到报酬，这是你应得的。"

她还是摆手。其他人听不懂，只能站在一旁，不明就里地看我们一个不住地点头，一个不停地摇头。

"如果你不接受报酬，我只能去找别人了。但英语说得再好的翻译，也不会像你一样懂武术。所以请你答应我吧，不光为了你自己，也是为了帮助我，可以吗？"在波斯文化圈中，除了有像热扎伊所说的"要无偿地帮助客人"的传统，也有要对钱反复推让后再收下的习俗，而且关系越亲密的人越会在此时激烈地推让。我在阿富汗的商店里买东西时，很多次老板都说："不要钱，送给你了。"这种情况下，千万不能拿着东西就跑，这只是老板表示好客的一种礼貌说辞。

经过无数次的推让，热扎伊的态度已不如之前坚决，我继续说道："那就这么决定了，以后你不去学校的时候都来找我，好吗？"

热扎伊终于点了点头。

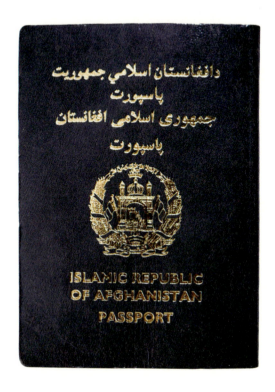

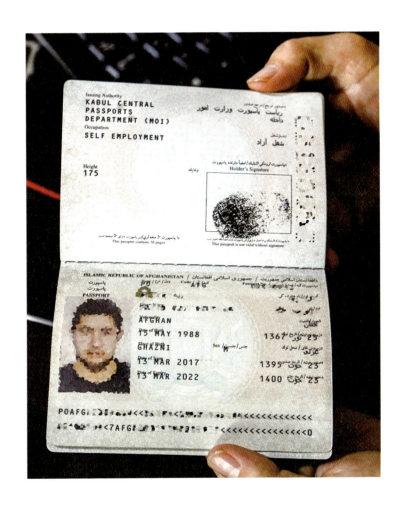

关于护照

在阿富汗的法律中，每个新生的男孩（女孩则是非强制性的）都必须去政府申请被称为塔孜克拉（Tazkira）的身份证明，有了这份证明，他们才有接受教育、买卖房屋以及投票的权利。但如果想要出国，则需要另花费5500阿富汗尼申请护照。对于平均月收入不足100美元的普通人，这是当地壮劳力一个月的薪水，一笔不算小的开支。如今过半的阿富汗人依然在为填饱肚子而努力，其中更不乏为了过上更好的生活而选择出国的人，这些人不需要护照，人贩子会带领他们走一条极其危险的黑路——偷渡。

很多"现在"都是"过去"造成的

热扎伊像是在问我,又像是在喃喃自语:"贫穷才是一切恶行的根本吗?可很多'现在'都是'过去'造成的。如果没有几十年的战争,阿富汗人就不会像现在这样过着如此贫穷的日子。那么贫穷的原罪是战争吗?打仗是要花很多很多钱的,又是谁在为这一场又一场的战争付费呢?"

热扎伊是个感性的人。采访中她总是听着听着就哭了,然后再哽咽着,尽量按我所要求的"不附加任何自己主观看法的",把对方的话翻译成英语。当玛丽亚姆长吁短叹地讲述自己是如何被丈夫遗弃在伊朗时,她的女儿只是眼圈微红,热扎伊却已经趴在卡瓦利的肩膀上哭成泪人儿了,还要老师反过来安慰她半天。

当玛丽亚姆知道我手里有一些为阿富汗女人募集的捐款后,她带着我和热扎伊一起去了对街的邻居碧碧家,用她的"玩笑话"说,吉布里镇最多10个男人娶了两个老婆,其中两家就在这条街上。比起装修简单但井井有条的玛丽亚姆家,我一进到碧碧的院子,就闻到一种什么东西正在消亡的味道,泥土地上亚黄色的草根,三三两两地烂在一起,院子角落倒置着一架手推车,锈迹斑斑,似乎已多年没人用过。碧碧和大女儿站在三块木板拼成的门前,二人眼中了无生气,女儿手中还抱着一个小男孩。这是一个外国媒体眼中"典型"的阿富汗人家,空气中的绝望让人窒息。

玛丽亚姆上前与碧碧握手,两人互吻了对方的面颊。等她们寒暄过后,我也向碧碧一家问了好。即使看到一个外国人说着达利语,母女二人也没有露出丁点儿好奇的神色,她们对外界的一切都很漠然。

与热扎伊一起生活的10天中,她带我去市区的红十字会为镇里的一个残疾小孩申请轮椅,带我去镇郊的聋哑人家庭。热扎伊家并不富裕,她一直在考虑着别人,却从没为自己的家人张嘴要过一分钱。上图摄于红十字会,下图为聋哑人家庭
2016.05

木板门后是一条昏暗窄小的过道，过道尽头稍宽，通往后院的小栅栏右侧垒着一个灶台，原本棕黄色的夯土墙面裂了口子，已被烟熏成一片黑，如同永远不会转晴的天空中的乌云，即使再往上10厘米就是房顶通风口的明媚阳光。

过道左侧有一扇漆成绿色的门，看来也有了年头，本该光亮的漆面已被磨得失掉光泽，门搭扣下方，有四个发黑的旧螺丝眼。碧碧引我们走进门内，与过道的墙面相比，这里的夯土内墙细腻平整，墙上有5个挂钩，中间的挂了一面带白色流苏的镜子，两边的毛巾挂上挂着彩色针织围脖，最外侧是两个绣着白花的防尘衣罩。那两条彩色围脖是碧碧家色彩最鲜亮的物件，与挂在墙上的两个洋娃娃装饰品一起，给这个散发着霉味的家增添了几分生气。

通常周围没有男人的时候，女人们都会脱下茶杜尔，但此时碧碧仍是裹着黑色的茶杜尔，把羸弱的身体和大半张脸都藏在巨大的布料下面，她用几不可闻的声音示意女儿把茶和糖块端过来，然后就呆滞地盯着前方某处，不发一语。为什么玛丽亚姆带了一个外国人来她家，她毫不在乎。

玛丽亚姆长长地叹了一口气，开始向热扎伊讲述这位邻居的故事，她说话的绝大部分时间中，碧碧都是沉默的，只有在被问及时，才会小声地补充一两句。

碧碧出生于阿富汗历1357年[1]，4岁时，她的帕代尔就和兄弟一起为她定了亲：碧碧的堂哥，大她6岁，二人自小就一起玩耍。15岁时，身形圆润，有一头乌黑的自来卷长发的碧碧满心欢喜地嫁给了当泥瓦匠学徒的堂哥。玛丽亚姆当年还参加了碧碧的婚礼，她记得年轻的碧碧穿着一件绿色的长裙，脖子上挂着一串彩色的花环，朦胧的面纱后是她紧张而欣喜的脸。

---

[1] 阿富汗历1357年，即公元1978年。

生于伊朗：大学生热扎伊 | 305

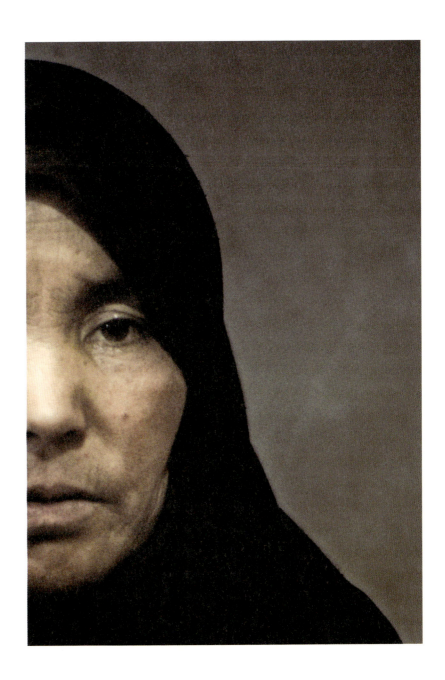

碧碧
2016.05

碧碧的蜜月地，
巴米扬附近的班达米尔湖
2013.09

穷人家总是难有长久的浪漫，除了新婚时丈夫带她去过一次巴米扬的班达米尔（Band E Amir）湖外，碧碧的生活轨迹就再也没有超出10公里外的赫拉特市。她对此已经很满足了，毕竟吉布里镇有些女人连这个镇子的外面都没有见过。那时，这座院子被碧碧打理得井井有条，她烤馕、洗衣服、打扫院子，就算阿富汗最挑剔的婆婆也不能从她身上挑出一点毛病。一年又一年，镇上的老人脱下了皮袄又穿上，碧碧的肚子却依然一点动静也没有，丈夫的态度也在不知不觉间转变，他开始有意无意地埋怨老婆烤的馕里吃出了石头粒，萨布季（蔬菜）炖得一点味道也没有。结婚第四年夏天，碧碧终于怀孕了，她无数次地祈求安拉，主啊，求你怜悯我，让我生下一个男孩，让他有像他帕代尔一样浓密的黑发，强壮的体格。

玛丽亚姆讲到这里时，碧碧从未开口说过话的女儿在一旁无奈地笑了，然后指着自己怀中的小人儿，简单地说：“我的儿子，男孩。”[1]

那时的阿富汗正陷入军阀混战，各个派别大打出手，安拉也许因此无暇顾及碧碧的请求，十月怀胎后，一个女婴呱呱落地了。女儿快一岁时，碧碧的肚子又鼓了起来。

第二胎还是女儿，生在塔利班时代。那个时候镇上已有很多人拖家带口地逃去了伊朗，大量房屋被丢弃，日头高挂时也就一两个人急匆匆地在街上走着。丈夫找不到活做，天天赋闲家中，脾气也越来越暴躁。在斋月中因为饥饿，他的性情更加乖戾，碧碧就像一只沙袋，供他肆意发泄着本该用在泥瓦活上的力气。碧碧身上的乌青，比她婚礼礼服的颜色还要浓郁。她整日生活在恐惧与羞愧中，在又一次因为一件鸡毛蒜皮的小事被打后，本来就不怎么鼓的乳房中再也没出过奶水，好在老天留了活路，小女儿每天吃着米面糊糊也活了下来。

碧碧说她隐约知道"厄运"还没有到谷底。"我生不出儿子。他一定会再娶的。"

一语成谶。2008年的诺鲁孜节，她的丈夫重新粉刷了房间的内墙，那可真是一手好活，夯土中的稻草没有一根露出来。他不知道从哪里

---

[1] 原句其实是达利语和英语混说，"Pesar, Boy"。

弄来了钱,买了两张机织地毯,还有那套挂在墙上的"新婚五件套",然后他扔给碧碧一张纸,让她在上面按了手印(她不会写字),表示她同意丈夫迎娶第二个老婆。一场热闹的婚礼后,那个抱着洋娃娃的16岁女孩正式成为碧碧36岁丈夫的合法妻子,也成为碧碧在法律上的亲人。

新婚五件套是当时很时髦的结婚用品
2016.05

在《古兰经》中，先知要求男人要对自己的每一个妻子一视同仁，可碧碧和两个女儿睡觉的地方还是被挪到了半露天的过道中。睡在过道的第一个晚上，月光从屋顶洞口射进来，像一把阿富汗弯刀深深插入她的胸口。隔着那道新漆的绿门，碧碧可以听到屋里的笑声、呻吟声，还有丈夫粗重的鼾声。她不敢，也不能表现出一丝一毫的愤怒，她就像这对新人的老妈子，给他们煮饭洗衣服，丈夫不让新妻子做任何家务，"萨菲亚只是个16岁的小姑娘。你比她大，要多体谅她"。

"16岁……我嫁给你时比她还要小一岁啊……"

萨菲亚很快怀孕了，碧碧甚至暗暗地向安拉恳求，恳求她也会生下一个女儿，这年的诺鲁孜节刚过，随着一声嘹亮的婴啼，巴吉尔出生了。

一个儿子。碧碧心如死灰，丈夫心中早就没有了她这个"老掉的、乏味无趣的"女人，只顾着为儿子的出生欣喜不已，整天挂在嘴上的就是"我要给巴吉尔更好的生活，我得想办法带他去伊朗"，碧碧彻彻底底地成了这个家中的外人。

没有生育前，萨菲亚大部分时间都待在房间里，与碧碧也没有发生过什么矛盾，可巴吉尔的出生似乎打破了这个家庭脆弱的平衡。在丈夫的偏袒中，生了儿子的萨菲亚越来越难以相处，她向丈夫告状，说看到碧碧在端给他们的茶壶里吐口水（说到这里，碧碧发誓自己从没那么做过）。她们的丈夫不由分说就把碧碧痛打了一顿。"就是这里。"碧碧张开嘴指给我看，她的一颗门牙被打落，如今那儿还是个黑洞。

伊朗，要抓紧去伊朗——在丈夫看来，碧碧这次吐了口水，下次就有可能做出什么伤害自己宝贝儿子的事。巴吉尔4岁时，丈夫做好了一切准备，"他们一家"要启程了。

临走前，他给绿门安了一道挂锁，然后对碧碧说："这间房间里，有很多萨菲亚的嫁妆，都是很贵重的东西。我们不在吉布里镇时，你要好好看家，不能让任何人进入这间屋子，包括你自己。我随时都会回来的,要是被我发现你迈进了房间一步,我就会像折断树枝一样,折断你迈进来的那条腿。"

热扎伊翻译到这里时双眼通红,因为带着哭腔,很多词,她要重复好几次我才能听明白,她不停地擦着眼泪,袖口已经彻底湿透。

"我不想再听了,太可怜了。"她难过地看着我,还没等我说话,又叹了口气,"不行,我还是要听,豪拉[1]带我们来,一定是希望你能帮助她。"

也许碧碧的堂哥并不如碧碧所说,对自己的发妻和两个女儿没有丝毫留恋。但玛丽亚姆和其他邻居都可以证明,他带走了可以带走的一切,没有给母女三人留下任何值钱的东西。玛丽亚姆可怜她,隔三岔五地给她送些馕和别的吃食,另一个好心的邻居还给她介绍了工作,在饮料公司做搬运工,每星期工作六天,把整箱的饮料从车间搬到运输车上,但因为是女人,她的薪水要折半,每个月只有 3000 阿富汗尼,总算是饿不死了。

2014 年 1 月,吉布里镇夜里的温度低至零下 7 度,碧碧带着两个女儿,睡在透风的过道里,即便有火炉子,她和小女儿还是扛不住,先后发起了高烧。大女儿哭着跑到玛丽亚姆家求救时,邻居们才知道这个傻女人真的就一直在过道里睡了小半个冬天。

他们愤怒了。有人撬开了绿门上的锁,拍着胸脯对碧碧说:"锁是我撬的,如果你的丈夫回来要打人,就让他直接来找我吧。我正好要亲自看看他的眼睛,里面到底有没有一点羞愧!"

几个月后,因为受凉、过度劳累、时常担惊受怕,碧碧昏倒在饮料公司的搬运车间里,同事们把她送到医院,经过检查,医生在她的子宫内发现一个直径 11 厘米的肿瘤,这个大小如成人拳头的瘤子已经压迫到了其他器官,医生建议她立即手术。碧碧得知做手术需要 3 万阿富汗尼时,摇了摇头,说自己没有那么多钱。医生只好边叹气边在纸上写下几个药名,让她吃药先顶着。

---

[1] 豪拉,此处指玛丽亚姆。

在药房中等候取药的碧碧
2016.05

碧碧很像一个溺水的人，她的双臂也曾努力挥舞过，可呼救时更多的水倒灌进她的喉咙，碧碧隐隐感到外国人也许是一根救命的稻草，但她没劲儿伸手，对于回到岸上已再无斗志。

热扎伊是哭着离开的，她的情绪平复后，低声地说："你知道吗？一千年前的一场战争[1]，让很多穆斯林战士战死，而他们的妻子成了可怜的寡妇，为免她们流落街头，活活饿死，便让男人一夫多妻，使他们合法地可以照顾孤寡。今天的哈扎拉族男人少有娶多个妻子的，因为我们明白安拉做那样的安排是基于当时的特殊情况。而现在，这些依然娶了很多老婆的男人，我想他们比谁都明白，这样做单单只是为了满足自己的私欲。"

"伊斯兰从字面上理解，除了顺从安拉，还有和平之意。真正的穆斯林是热爱和平的人，可是太多人嘴上说一套，所做的事又是另外一套了。我没出生时阿富汗就在打仗，几十年战争打出了几千万穷人，安拉要求我们穆斯林做天课，把多余的钱或食物拿出来接济穷人，我每个月都有一天会禁食，把自己的那份馕送给我的一个邻居，那家人也很穷，丈夫有病不能工作，却从没打过老婆。我本以为玛丽亚姆豪拉已经很可怜了，可听了碧碧豪拉的故事，我的心就像被人剜了一刀，她的丈夫是因为没有钱才遗弃她和女儿的吗，还是说，这就是他的本性，只不过刚好他生在了这个可以（对妻子）不留余地的年代呢？"

半响后，热扎伊像是在问我，又像是在喃喃自语："贫穷才是一切恶行的根本吗？可很多'现在'都是'过去'造成的。如果没有几十年的战争，阿富汗人就不会像现在这样过着如此贫穷的日子。那么贫穷的原罪是战争吗？打仗是要花很多很多钱的，又是谁在为这一场又一场的战争付费呢？"

[1] 指公元624年12月22日的吾侯德战役（Battle of Uhud），是穆斯林与麦加古莱什贵族在阿拉伯半岛西北进行的第二次战役。

生日礼物

"我气坏了,就骂了回去:你才阿富汗人!你全家都是阿富汗人!那个男孩还朝我脚下吐口水。我跑回家,扑到帕代尔怀里委屈地大哭。听完事情的经过后,他笑了,拍着我的后背告诉我:'热扎伊 Jaan,可我们就是阿富汗人啊。'"

结束对卡瓦利的采访后,我带着自己的行李随着热扎伊去了她位于镇子另一头的家。她此前再三告诉我,双亲年迈,玛代尔 65 岁,帕代尔 70 多岁,如果他们有招待不周的地方,请我多多理解。

吉布里镇方圆不过两三公里,除了一条 10 分钟可以走完的主街是水泥路外,其余都是或宽或窄、泥巴里带着石子的土路,每当有摩托车开过,走在路上的女人就会抬起手臂,用茶杜尔把鼻子和嘴捂个严实,空气中的尘埃成群结队地飘来舞去,过上好一会儿才会散去。

热扎伊走路时背部微驼,目不斜视,永远专注地盯着一两米外的某个点,老一辈人认为男人不会无缘故地调戏良家女,这种走路姿势对于阿富汗女人来说,是最"正确"、最"得体"的,只要不与街上那些无所事事的年轻男人发生目光接触,就可以最大限度地避免性骚扰的发生。

"那么在马路上你从来都没有被骚扰过吗?"我问道。

"偶尔还是会有。每次在街上有男人用那种,就是那种让人浑身不舒服的眼神盯着我的脸时,我都恨不得马上找件茶达里罩在他们头上。我不喜欢茶达里,可每当那种情况发生,我就特别理解普什图女

吉布里镇的巴扎
2016.05

人为什么要用茶达里把脸蒙起来,因为再坏的男人也不能透过那些细小的网眼看到女人的脸了。唉,现在很多阿富汗的男人啊,哪怕只看到女人露出的一双眼睛,也能想到极其肮脏的地方去。"

"中国女人碰到这种情况怎么办?"热扎伊好奇地问我,然后扑哧一笑,"不过人人都会武术对不对?就看谁的武功高强了。"

"狭路相逢勇者胜吗?"我笑了,给她科普,"高深莫测的武林高手,只存在于拳脚一动,配音比说话声还大的电影中,大部分人别说会武功了,捉只鸡都要喘三喘。"

热扎伊又说道:"你知道吗? Moomoo Jaan,在学校里上大课时,男女生坐在一起。有一个别的专业的男生给我写了很多封信,夸我美丽,想让我做他的 girl friend(女朋友),还说想与我结婚。我真搞不懂这些男人,当下他们不想着为国家出力,却整天满脑子想的都是女人,这样的男人有何用?我看他们才是应该戴上头巾的人。"

短短几分钟的对话中,热扎伊已经计划两次用布料罩在男人身上了。"扑哧",我没忍住笑出了声。

热扎伊有点不好意思,也跟着笑了,她理了理头上的茶杜尔,确保这块棕色的、带着黑色花纹的化纤布料可以完完全全地把她的头发包裹起来。

"那你们高中也是男生女生一起上课吗?"我一个接一个地问着问题,热扎伊也逐一认真地回答着。

"只有大学。在阿富汗,从小学到高中,男孩女孩都要分开上课。即使大学,我们上专业课时也是男女分开的,只有个别课程才会一起上。"

"你学的是什么专业?"

"兽医。"

"为什么要学兽医呢?"

"我的父母并不是赫拉特人,他们出生在阿富汗南部的赫尔曼德省。如果你在这里多住一阵,就能听出来,我的口音和镇上其他人很不一样。我们那儿的土壤特别肥沃,地里满满的全是果实,我最喜欢的西红柿,摘下来就可以吃,虽然个头不大,但汁水又多又甜。家家都有牲畜,鸡可以下蛋,羊养大了就能卖钱,驴或骆驼可以干农活。可赫尔曼德太穷了,兽医们挣不到钱,都不愿意去那里开诊所,他们喜欢喀布尔、赫拉特、马扎沙伊夫这些大城市。所以我们赫尔曼德的动物病了,就只能用土方子治,小病还好,得了大病的话,就是病一头死一头。所以我小时候就想啊,我大学一定要学兽医专业,毕业了再去国外读硕士,甚至读到博士,然后回赫尔曼德给那些动物看病去。"

"你的父母是搬来赫拉特以后才生下的你吗?"

热扎伊慢慢地摇了摇头:"哦,对了,我从来都没有告诉过你,我是生在伊朗的——伊朗的扎黑丹,那儿有很多阿富汗难民。"

"你为什么要回来?是伊朗政府驱逐你们吗?"

"我们在扎黑丹的时候,没有住在阿富汗人居住区,我们的邻居都是伊朗人,我也一直以为自己是伊朗人。直到我 11 岁那年,我和几个邻居家的小孩子一起在巷子里玩,我也不记得为什么就吵了起来,其中一个男孩开始骂我。他说,你这个臭阿富汗人,滚回阿富汗去。其余的小孩就跟着起哄,臭阿富汗人,臭阿富汗人⋯⋯"她的双眼看向远方,陷入了儿时的回忆,"我气坏了,就骂了回去:你才阿富汗人!你全家都是阿富汗人!那个男孩还朝我脚下吐口水。我跑回家,扑到帕代尔怀里委屈地大哭。听完事情的经过后,他笑了,拍着我的后背告诉我:'热扎伊 Jaan,可我们就是阿富汗人啊。'"

热扎伊是父母最小的孩子,她说家里曾经富裕过,那时电视有 21 英寸大
2016.05

"从我知道自己是阿富汗人的那天开始,我的胸口就开始发闷。我知道自己已经与伊朗格格不入了,那儿的馕吃着味道不对,那儿的茶水喝着也不再香甜,连吸进鼻子的空气闻起来都很奇怪。快满12岁的时候,帕代尔问我想要什么生日礼物,我说我什么都不要,我只想回阿富汗。如果我是阿富汗人,那么这里,"她指着自己的胸口,"这里流的就是阿富汗人的血液,即使那里再穷、再苦,我也愿意回到那个又穷又苦的地方,尽全力使它变好。"

"一年后,我13岁生日的前几天,帕代尔和玛代尔带着我和两个哥哥回到了赫尔曼德,我的两个姐姐留在了伊朗,一个现在已经结婚了,另一个后来去了澳大利亚,她们选择了她们认为更好的生活,"她脸上有着似有似无的微笑,长长地舒了口气,"而我选择了我的,这要谢谢我的帕代尔,因为他和我一样爱着阿富汗。"

游 行

热扎伊将那只揉过太极的右手高举过头顶，紧握成拳，与其他女孩一同奋力呼喊着。不同于打太极时的飘逸淡泊，也不同于在碧碧家的黯然神伤，此时她的脸上有一种悲戚而郑重的神情，她极爱阿富汗，在少不更事时选择回国，成年后依然留在了这里。

天边一缕微光透过窗户上的纱帘涌了进来，墙角相机电池的充电器指示灯也不再闪亮，在一阵窸窸窣窣的声响中，我迷迷糊糊地看见热扎伊打着哈欠出屋的背影，她应该是去做第一次礼拜吧？我没来得及多想，一转身又睡了过去。

直到手机由弱变强的震动声将我从模糊的梦境中拉回现实，窗外已大亮，我偏头看了看依然酣睡在我旁边地垫上的热扎伊，关掉闹钟撑起上身。无论冬夏，这里大多数人都和衣而卧，起床时倒是省了再穿衣服的麻烦，直接就可以去洗漱了。

我再回到房间时，热扎伊正对着一面圆镜戴头巾。其实无论在《古兰经》还是《圣训集》中，安拉从未要求穆斯林女性必须佩戴头巾，可后世的当权者因自己的需求将安拉所说的"Hmrh"[1]狭隘、粗暴地曲解为头巾，还自行引申——女人的乌发会引起男人的垂涎，应该把它们遮盖起来。

这里的女孩初潮前后，就会在母亲或其他女性长辈的指导下，将头发用头巾遮盖起来。热扎伊起床后的第一件事就是戴头巾，她将对折后的方巾盖在头顶上，用中指分别按住耳朵两侧的头巾，用大拇指和食指将它翻转固定，再将稍短的一侧从前胸绕到后颈，将较长的一

---

[1] 阿拉伯语，泛指面纱、手绢、围巾等布料服饰。

生于伊朗:大学生热扎伊

热扎伊的书桌,旁边的塑料编织袋
是她的"垃圾桶"
2016.05

侧展开后包住头顶,放在另一侧的肩膀上。老实说,她做得比我写得还快,全部做完只用了不到 30 秒的时间。

我取下充满电的电池,把它装进昨晚刚清洁过的单反相机中,吉布里镇的扬尘很大,每天到了下午,相机表面就积了一层薄灰。今天热扎伊会先翘课去参加一场大游行,再赶回学校上第二节麻醉实验课。

亚洲开发银行计划修建一条名为"TUTAP[1] 计划"的输电路线,这条线路原计划要经过哈扎拉贾特和巴米扬,两个以哈扎拉人为主要人口的省份,但后来因为预算成本,改道至人烟稀少的萨朗隘口。消息一经发出,便引发了哈扎拉人在全国各大城市的游行。

2013 年,我第一次来阿富汗时曾去过巴米扬,对那儿"稳定"的供电依然记忆犹新:晚 6 点来电,晚 10 点停电,不多不少,只有 4

---

[1] "TUTAP",五个字母分别为土库曼斯坦、乌兹别克斯坦、塔吉克斯坦、阿富汗和巴基斯坦的英文缩写。

阿富汗很多如热扎伊母亲年龄一样大的女人，头巾几乎成了身体的一部分，即使在家中，也会从起床后一直戴到晚上睡觉前
2016.05

小时。彼时我住在镇中心的一家茶卡纳¹内，一层的大屋白天是餐馆，夜里就是给男人睡的大通铺，二楼是一间间铺着廉价地毯的家庭房。刚入住的那晚，我曾下楼问过伙计停电的时间。

他回答道："10点。"

我想当然地认为他指的是第二天早晨10点，不久后当屋里瞬间一片漆黑时，我才明白此10点非彼10点。直到今年，当地电力供给状况依然没有改善。

那条前往赫拉特的路平日空空荡荡的，现在却挤满了驾驶席在左面或右面的汽车、冒着黑烟的机动三轮车、拖着后斗的马车，还有三五成群步行的人们，热扎伊说这些人都是特地从镇里赶过去声援游行队伍的。路上太堵，汽车开不起来，司机只好拼命地按喇叭，好像谁的喇叭声大谁就有优先通行权一样。行人虽然可以在车缝和田地间穿行，但两条腿拼命猛捯还是快不到哪儿去。此时机动三轮车的优势便显露出来，比如这辆载着我、热扎伊和其他7位女同学的三轮车，在已经乱成一锅粥的马路上依然能见缝插针地移动着。这辆车是她们8个人的"校车"，每人按月付给司机150阿富汗尼，价格对双方都很划算。

---

1 茶卡纳（Chaikhana），只要就餐就可以免费过夜的茶屋，是阿富汗最便宜的住宿选择。

巴米扬镇外30公里处的一个小村庄，居民日常用电靠房顶的太阳能板解决
2013.09

我问热扎伊:"大家都要去参加游行吗?"

"只有两个人跟我去,其他人要么觉得危险,要么不想旷课。"热扎伊摇摇头,有点失落,"如果我们的国家越来越乱,打到最后动物都死光了,那我学兽医又有什么用?"

"我学的是法律,又不是兽医。"坐在她旁边的女孩小声嘟囔着,冲我笑着耸了耸肩。

这时我们的车子终于突破重围,司机报复般地加大了油门,将两旁的低矮民房和步行者远远地甩到了后面。浓浓的汽油味蹿进鼻子,我们不约而同地用茶杜尔捂住了口鼻,热扎伊觉得很委屈我,忙不迭地向我道歉:"对不起啊,Moomoo Jaan,回程我请你坐出租车。"

"这又不是你的错。我清洁相机时你道歉,我睡在地垫上时你也道歉,连吃饭时没有肉你都要道歉,这些对我来说本来也不是什么大不了的事,热扎伊 Jaan,不许再给我道歉了。"

"我只是觉得你到我的国家来,却没有受到很好的招待,我很抱歉。"见我假装要生气,她笑着赶紧捂住了嘴,"好了好了,我不说抱歉了还不行。"

三轮车在小街里左右穿梭,最后在赫拉特大学附近被警察拦了下来,司机和警察交谈了几句,热扎伊告诉我,前面已经封路,我们就在这里下车,游行的队伍马上就会走到这里了。

车上的9个人兵分两路,5个去学校的女孩跟车掉头离开,我们一行人则开始步行,在周围看热闹的人们的注视下,4个茶杜尔迎着游行队伍走去。队伍最前方的是两个举着竹竿的男学生,横幅写着达利语。一个穿着天蓝色牛仔裤的男孩,耳朵上挂着便携式麦克风,边走边喊:"要平等!不要歧视!"

走在他身后的是数以百计的男学生,在他喊完口号后,他们整齐划一地重复着:"要平等!不要歧视!"道路两旁时不时都会有新的示威者加入进来,有人因为情绪激动而面色通红,有人流着眼泪,但也有几个人拿着手机在自拍或与别人合影。

热扎伊牵着我的手,小跑着奔向后面的女学生队伍。不同于身着现代服饰的男学生,这里是一片茶杜尔的海洋,一张张年轻鲜活的面孔点缀其间,有的化了浓妆,大部分像热扎伊一样素净。有些人的茶杜尔下露出了颜色鲜艳的包身长衣,也有人在长袖内又加了一副套袖,全程用手紧抓着茶杜尔。在5月的艳阳下,这片茶杜尔的海洋中不断地传出女孩们的呐喊声:"要平等!不要歧视!"

热扎伊正在和其他参加游行的人通话
2016.05

每个路口都站着一名身穿灰绿色制服的警察,他们中很多人都与这些学生年纪相仿,但因为家境贫寒,他们提起卡拉什尼科夫冲锋枪,选择了这份危险但相对高薪的职业(每月工资在 300 美元左右),根据 2016 年的数据,阿富汗每年警察/士兵的平均死亡率高达 27%,家里条件稍微过得去的家庭都不会让自家孩子去参军。在每一次与外国驻军的联合行动中,阿富汗士兵总是被迫打头阵,因为他们的命远没有外国人的"金贵"。这些驻守在路口的警察中,每 5 个人也许就

高举"正义与平衡发展"字样横幅的游行队伍
2016.05

会有一个在将来（甚至在今天）因为爆炸、与其他势力交火而失去自己"不那么金贵"的生命。

热扎伊将那只揉过太极的右手高举过头顶，紧握成拳，与其他女孩一同奋力呼喊着。不同于打太极时的飘逸淡泊，也不同于在碧碧家的黯然神伤，此时她的脸上有一种悲戚而郑重的神情，她极爱阿富汗，在少不更事时选择回国，成年后依然留在了这里。

护送游行队伍的警察
2016.05

游行的队伍右转进入赫拉特大道,沿着这条市区最宽的马路向西走去。两旁看热闹的人更多了,烤肉店、银行、通信公司门口都站满了人。两个站在机票代理处门口张望的男人,看到我手里的单反相机,还示意让我为他们拍一张以游行队伍为背景的相片。

在赫拉特大道的两侧,那些四五层高的建筑后,是无数条弯弯曲曲又四通八达的小巷,在阿富汗国家安全局的通报中,这里是最有可能受到袭击的地点。热扎伊在机动三轮车上就嘱咐过我,每场有女性参与的游行都有更多可能被袭击。她和其他阿富汗人一样,认为有责任保护他们的外国客人。她一次次地恳求我,游行中要尽量低调,不要引起别人的注意,毕竟如今的赫拉特,已不再只是那个闻名于世界的伊斯兰文化中心,古人留下的瑰宝在一次次的战火中消亡,只剩断壁残垣,或修复得过于光亮的古迹;如今,这里还被称作"绑架者最爱的绑架之都",也许比起暴力杀戮,绑架更有"文化气息"。

也因如此,每个大路口都停着两辆皮卡,后斗中坐着三四个手握冲锋枪的警察。这里是重点防御区,所以带队执勤的警察都岁数偏大,一脸的皱纹像峡谷的沟壑,刀刻般深。他们似乎对游行者颇不理解,眼中只有茫然疑问:怎么我就成了一个拿着枪坐在这里的人?

游行队伍中的热扎伊
2016.05

游行队伍行至赫拉特大道
2016.05

队伍在花坛附近掉头返回，几步之遥的皮卡上架着重型机枪，排列整齐的子弹在阳光下闪着亮光，从进弹口垂到车内。若不是顾及热扎伊的叮嘱，我肯定会跑前跑后拍个痛快，可眼下我只是偶尔跑到队伍外，找好角度按下快门，再迅速地回到队伍中，这种行为每次都会换来热扎伊感激的微笑。

抗议的人群占据了整条马路，一张张写着达利语的传单高举在头顶。东行至阿富汗国家银行时，路的另一侧是被带高压电线的灰墙围起的伊朗领事馆，围墙最东侧是签证处，用铁丝网与马路隔开，里面排队者的数量不比游行者少，那些人或蹲或站，也有不少人用手扒着铁丝网无动于衷地向外张望，对他们来说，当下去伊朗躲避战火，比在这里呐喊要重要很多。

"我们这支游行队伍的目的地是赫拉特省政府，在那里和其他示威的人们会合。然后，"热扎伊清了清喊得有些沙哑的嗓子，又看了看手表，"我们就得赶紧回学校上课了，我已经逃了一节课，这节实验课可不能再迟到了。"

省政府是一座巨大的圆顶建筑，有蓝色的穹顶和白玉外墙，现在它的围墙外坐满了男性示威者，很多人正在用手机拍照录像，上传到社交媒体。我试图走过去，却被示威运动的组织者劝止（不知是否因为我是女性）。远远看过去，4个全副武装的警察，站在省政府与抗议的人群之间。

女性示威者则被安排在省政府西侧马路旁的空地上，站在最外面的几十个人分为几组，手中捏着六七米长的大横幅，看到我的相机，有人不自然地把头扭开，也有人勇敢地直视着镜头。

热扎伊又看了看表，凑到我耳边小声说："Moomoo Jaan，我还有20多分钟就要上课了，咱们得离开了。"

（上）执勤中的阿富汗国家警察
2016.05

（右）铁丝网后排队等候进入伊朗领事馆的人们
2016.05

生于伊朗：大学生热扎伊

*后记

三周后,赫拉特大道附近发生爆炸,造成7人死亡15人重伤,死者中有一名警察,至今没有任何组织宣布对该袭击事件负责。

(上)坐在省政府大门前的男性抗议者
2016.05

(下)不远处的女性抗议者
2016.05

吓瘫的兔子

热扎伊俨然成了我的发言人,我还没来得及说话,她就接过话来:"Moomoo Jaan 今天是来拍我们做实验的,大家不要围着她问个不停,待会儿上课时也不要对着镜头摆姿势,要当她不存在,该做什么就做什么。"

"你把茶杜尔稍稍再往耳朵外面拽一点,然后走在我右边,别去看警卫。我们学校的大门一天要过几千个学生,他不会记得那么清楚的。"热扎伊说完,看着我的脸笑出了声,"而且你长着一张哈扎拉人的脸,只要不说话,你就是个哈扎拉。"

我照她说的做了,同时看向赫拉特大学那两扇敞开的肉粉色铁门,现在是上午 9:40,依然时不时地有学生进出着。

"Jaan,你不是说这次拍摄已经得到学校领导的同意了吗?"

"系主任同意了,但我想他应该不会特意打电话通知警卫的。我马上要迟到了,可没有时间等他左请示右汇报的。这个警卫有时会对陌生人睁一只眼闭一只眼,有时就会把人拦下来,一句接一句地盘问个不停。"

我与热扎伊并排,学着她走路的姿势,驼背含胸,急匆匆地穿过铁门,路过传达室时,我用余光瞟到原本坐在警卫室门口的人站了起来,糟糕!还是被发现了。

"你是干吗的?"他用达利语粗声粗气地问。

"祝您平安，您好吗？祝您健康，祝您长寿。我是从中国来的摄影师，她是这里的学生，我的采访对象。这次跟随她入校采访拍摄已经得到了相关领导的同意。"认识热扎伊后，我总学她问好的方式与人打招呼，通常在我熟练说完这一长串儿的问候时，再不苟言笑的人也会露出掩一丝笑意。

警卫没有回应我的问候，只是仔细地打量着我的脸，然后问道："你多大了？"

"29岁。"

"你结婚了吗？"

"这与我能否进校有什么关系？"

他咂了咂嘴，从头到脚又从脚到头地把我看了两遍，有茶杜尔的遮挡，他似乎也看不出更多的信息，只得转头对热扎伊发难："没人给我打过招呼。我不能让她进去。"

热扎伊双手紧拽着茶杜尔，再三解释自己的课马上就要开始了，请求门卫先让我们进去，然后她会请老师打办公室的内线电话过来。那人丝毫不为所动，还把椅子拉到身边，又跷着二郎腿坐了下来。

这时一辆擦得光亮的二手日本汽车从大门驶了进来，热扎伊一看到这辆车，就小声地和我说："Moomoo Jaan，我们有救了！"她跑过去把车拦下，俯身凑到后座刚摇下的车窗边说着什么。这时原本态度傲慢的警卫也小跑到热扎伊身边，同样弯下了腰，车里人微笑着说了几句话，警卫边听边点头。车开走后，热扎伊冲我招手："走吧，Moomoo Jaan。坐在车里的人是我们的校长。"

一条笔直且宽阔的土路连接着校门和300米之外的教学区，那里铺着绛红色的小方格瓷砖，热扎伊在这里停住，从包中取了张纸巾，弯下腰仔细擦拭着鞋子上的尘土。赫拉特大学建于1988年，目前有

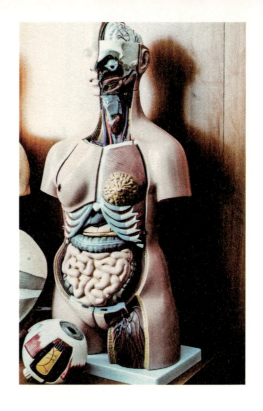

实验室中的人体模型
2016.05

14个学院,一万余名学生。这些教学楼的外墙就像水彩颜料的调色盘,青竹蓝、薄荷绿、肉粉,真是小清新。热扎伊引着我进了唯一一栋纯白色的建筑,虽然着急还不忘贴心地为我介绍:"这是医学和兽医学的教学楼,我们今天要去的实验室在三楼。"

即使在校门口耽搁了一些时间,我们依然在上课前五分钟赶到了实验室,这才彻底放松下来的热扎伊一边脱下茶杜尔,一边对我说:"感谢安拉,我们没有迟到。"话音刚落,她就猛地拍了一下脑袋:"哎呀,我忘了!我的老师交代过,你拍摄前要先去一趟我们系主任那里。"

她跺了跺脚,高声冲实验室里喊了一句什么,迅速地又把茶杜尔围好,拉着我蹭蹭地下到二楼,在楼梯左手第三扇门前停住,深吸了一口气,才弯起食指轻轻地敲了敲门。

系主任是个文质彬彬的中年男人,他从电脑桌前站起身,灰色西服内的白衬衫被发福的肚腩顶得鼓鼓的。听完热扎伊的介绍后,他语速缓慢、声音愉快地对我说:"Moomoo女士,首先欢迎你来到阿富汗,欢迎你来到赫拉特大学。我很高兴你能来学校拍摄,希望通过你

身穿白大褂的热扎伊
2016.05

的作品，可以让更多外国人想到阿富汗时，脑海中浮现出的不只是战争，这里还有很多人在为自己的梦想和阿富汗的未来努力着。"顿了顿，他又补充道："当然，如果你的报道，可以帮我们学校获得一些教学器材的赞助就更好了。"

他双手交叉放在办公桌上，抬眼看了看墙上的挂钟，说道："现在马上就要到上课时间了，你们不要迟到。如果你需要任何帮助，可以随时来找我。再次感谢你的来访，希望你在阿富汗平安，也希望你的工作可以顺利完成。"

我们起身告辞，把门轻轻关上后，三步并两步地跑回了楼上的实验室。实验室的外屋大约有20平方米，弥漫着医学实验室特有的味道，正中央的大桌上放着不少泡在福尔马林中的动物器官，左侧用三合板做了隔断，门口的矮凳上放了一座人体切面模型，血管、神经、肌肉、内脏一应俱全。右侧靠墙处是上下两排带锁的更衣柜，热扎伊把我们的茶杜尔和背包放进柜子，又拿出了一件白大褂穿上，然后示意我和她走进里间。

里间比外面大一些，两面墙的窗户齐齐打开，屋内的空气被阳光烤得暖暖的，闻上去令人心情愉快。就像热扎伊先前所说，这里只有11个穿着白大褂的女生，她们正围着操作台，叽叽喳喳地讨论着什么。"是兔子。"热扎伊体贴地告诉我。

听到热扎伊说英语，所有人都转过头，我之前穿着茶杜尔，因此除了一个同车的女孩，其他人都不知道我是外国人，这下脱掉"帐篷"，又经热扎伊允许摘掉了已经快被汗水打透的头巾，我的寸头一下就暴露了自己的身份——外国人，还是个手里拿着单反相机的外国女人。

遵循伊斯兰教的礼仪，我将右手放在左胸前颔首行礼："祝您平安，您好吗？祝您健康，祝您长寿。"女孩们也纷纷向我问好，胆大的几个已经开始提问题："你叫什么名字？你是哪里人？你在阿富汗待了多久？"

我一一回答着，她们又不断地提出新的问题："Moomoo Jaan，你多大了?你的工作是什么?你怎么看阿富汗?"

热扎伊俨然成了我的发言人,我还没来得及说话,她就接过话来:"Moomoo Jaan今天是来拍我们做实验的,大家不要围着她问个不停,待会上课时也不要对着镜头摆姿势,要当她不存在,该做什么就做什么。"

我忍不住笑了,这是我第一次见到她时请她翻译给卡瓦利的,她竟记得这么清楚,还原封不动地转告给了她的同学们。

"下课后大家可以过来看照片,如果有哪位同学不愿意自己的脸出现在镜头中,我会删掉或做相应处理。"我稍稍弯下身,鞠了一躬。这时一个年轻的男老师走了进来,我向他问好,他应该已经知道了我的情况,没有多问,只是友善地点了点头。

为了吃而迅速"复活"的兔子
2016.05

操作台上放着一次性针管和手套，还有一个深蓝的塑料箱，里面有几只完全搞不清楚状况的兔子，一只花兔浑身是戏，侧躺在箱子里一动不动地装死。有个女孩拿着片菜叶在它鼻子前晃，没晃几下它就"复活了"，脑袋跟着菜叶不停转动，鼻头还一动一动地嗅着。女孩在众人的哄笑中把菜叶子拿到一边："可惜实验前你要禁食，什么都不能吃。"

"麻醉是手术中最基础，也是最重要的一个环节。兔子对药品十分敏感。在实际操作中，你们一定要严格控制药量，药量太小，药效很快就会过去，如果发生在真正的手术中，动物中途醒来，就会有发生意外甚至死亡的可能；但药量过大，它们则会直接死亡。"老师顿了顿，"所以动物的生命就掌握在你们每个人的手中，作为兽医，一定要小心谨慎。"

"麻醉动物有多种方法，比如气体麻醉、静脉麻醉、肌注麻醉、腹腔注射等等。今天我们来做一下耳缘静脉麻醉，谁能告诉我这种方法与皮下麻醉的区别？"

"静脉麻醉时，药品会随着血液流到中枢神经系统，也就相当于全身麻醉；而皮下麻醉，麻药只有少量会从微血管循环到脑内，但绝大部分剂量都在注射部位的皮下组织内，是一种局部麻醉。"老师右侧一个浓眉大眼的普什图女孩回答道。

"很好。"老师满意地点点头，继续问："那么通过什么来检测麻醉效果呢？"

"角膜反射和趾蹼反射。"这次是热扎伊在回答。

"那好，现在我们开始给兔子做耳缘麻醉。先看我做一下示范。"老师用注射器吸取了麻醉药，捏起兔子的耳朵，"在注射前一定要把针管内的空气排掉，毕竟我教的是兽医，不是屠宰。"姑娘们听完笑成一团，看样子这位老师很受她们喜爱。

"麻醉时团队配合很重要，你们几个来做一下身体固定，把兔子的

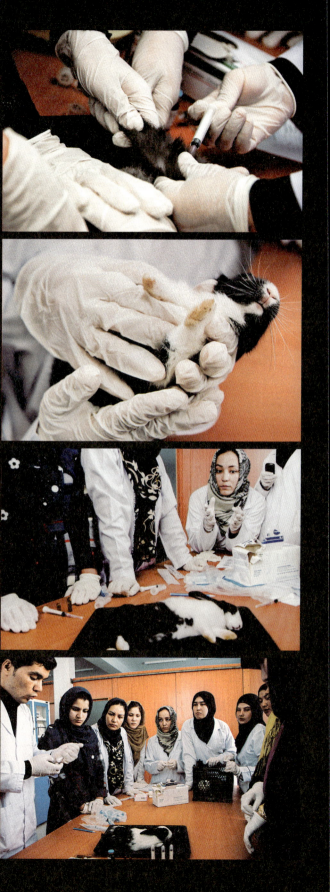

耳朵拽住，针头一定要扎入血管中，它的血管壁很薄，针头进入后可以很清晰地看到注射液在血管中的流动。推进针筒的速度不要太快，其他人要密切注意兔子的呼吸，同时观察角膜反射。"

下课后，女孩们围在我身边，一张张地"审阅"着刚才我拍到的照片，有人捂着嘴叫道："天哪！我好胖，这张可不可以不要登出来？"还有人指着老师说："啧啧啧，我们的老师看上去好像宝莱坞明星。"更多的女孩只是安静地围着我，羞涩地看着照片微笑。

在回家的三轮车上，我问热扎伊："Jaan，作为一个有信仰的大学生，你是如何将科学与宗教平衡的？"

"平衡？在我心中，科学和宗教并不冲突啊。科学告诉我，牛发烧时要打多少毫升的退烧药，骆驼分娩难产时我该怎么办，可以医好动物，想想都是很满足的事。但满足和平静又是两码事。只有宗教能带给我平静，伊斯兰是我的信仰，在我迷惘、痛苦、无所适从时带给我力量。宗教是一种思想，就像一团柔软的橡皮泥，你怎么理解就可以怎么捏，它就是你想象中的形状。它会使恶人转而向善，同时也会被坏人利用。但有错的是坏人，而不是宗教本身，就好比一头牛因为手术失败死掉了，这罪责不能让手术刀去承担。人人都知道要去看看握刀的到底是哪一个笨医生，你说对吗？"

离开吉布里镇那天，我在武馆最后一次看热扎伊打太极。我问她："你打拳时的这首伴奏曲，是沙里夫先生为你选的吗？"

热扎依点了点头，说道："奥萨德说，这是一首很美的歌。以前在伊朗时，他的老师给他介绍了很多中国歌，他觉得这首歌很适合打太极。我第一天学习太极时，他就放了这首歌，现在我一听见前奏，左腿不自觉地就迈开了。"

"这首歌叫作《故乡的云》，讲的是一个远离家乡的游子，厌倦了在外漂泊的日子，他看着天上的云彩，仿佛闻到了家乡泥土的味道，忍不住流下了眼泪。这是一首非常经典的中文老歌。"

热扎依听后深深地吸了口气,然后皱皱鼻子,不好意思地笑了:"可是在武馆里,只能闻到酸酸的汗水味。

"也许伊朗的空气更干净,但还是这带着灰尘和汗水味的空气闻着让人心安。"顿了顿,她又说,"每个人的故乡,都是他们的克什米尔[1]。这真是一首好歌。"

---

[1] 阿富汗谚语,To everyone, homeland is Kashmir. 克什米尔位于印度、巴基斯坦、阿富汗以及中国之间,曾处于阿富汗杜兰尼王朝的统治下,是一片风景极其优美的地区,有"东方瑞士"的美誉。

下课后,热扎伊把兔子带回了家,上课时装死的那只在洗澡时故技重演,再次躺在地上一动不动,也再次在菜叶子拿过来后"迅速复活",好吃的菜叶子终于吃到嘴里,这就是它的幸福
2016.05

后　记

深秋。北京东面一个购物中心的高层咖啡馆内。

从 2013 年 9 月开始，阿富汗不知不觉已成为我人生中一个重要的时间坐标。近几年人生中比较大的事，我都是以"第一次去阿富汗前""最后一次去阿富汗后"的方式记在脑子里的，公历年份反而成了第二顺位，在需要更精准的时间表达时才会拿出来用。

第一次萌生出去阿富汗的念头是 2010 年，我还是个青涩的背包客，愣头愣脑地游荡在巴基斯坦北部山区一带。在白沙瓦玫瑰宾馆的顶层露台上，有人用电脑分享了一张他在网上看到的照片——一个位于巨大峡谷之间的静默的湖。这张照片说实话，拍得不咋的，可所有人竟都看得眼直，齐呼太美了（有人还激动地在"太"字前飙了脏话）。

我问道："这是什么湖？在哪里？"

"Band-e-Amir，Afghanistan."那个阿根廷小哥极富西班牙语特色的音调让人难忘。

阿富汗，好长的名字，舌头要在嘴里跳舞一样才能说完整个词，真好听。

2017 年夏天这本书完稿，我给整整半年没怎么出屋的自己放了大假，去了墨西哥和周边几个小国家玩耍，旅行的末尾从哈瓦那回国，中间要在迈阿密入境转机，当时那本护照上有近两年的三次阿富汗出入记录。虚胖的海关大爷起初只是随意翻着我的签证页，有一搭没一搭地和我扯闲篇儿，翻到某页时，他突然猛地一抬头，问道："你去过阿富汗？"

"嗯，是的。"为了避免不必要的误会，我诚恳地补充了一句："后面应该还有两张阿富汗签证。"大爷仔细地端详着我，可能自己都没意识到左手已经抚摸上了腰间的枪套，没准儿我一个表情没做到位，他就直接掏枪了。

次年在喀布尔的街头，因为身材高大，即使穿着传统的茶达里袍，我还是被众人认定是个穿着茶达里伪装成女人的大汉，三个巡逻警察如临大敌，将我团团围住，也是差一点就被他们用枪指着了。不过当我露出脸后，对方哈哈大笑，很仗义地安慰道：(你穿茶达里) 真好看呐。

看，在这个美丽的星球上，我差一点被拿枪指着的唯二国家，就是美国和阿富汗（这么看来，全世界都能说阿富汗危险，但美国人不能说）。

越来越多的阿富汗人不愿意被以民族来划分。瑞吉娜的先生阿卜杜拉说这些年来，外部势力用"民族"轻易地将他的国家从内部分裂。在他的印象中，两个儿时最好的朋友，是一个哈扎拉和一个塔吉克，他说在那时，阿富汗人对"民族"这词儿感觉很淡，不像现在，各民族之间总是满心戒备。

2018年3月在阿富汗驻华使馆，我说参赞看着像塔吉克，"不要在意那个，"他的笑容温和而真挚，"对你而言，我是阿富汗人，这才是最重要的。"

"那里是不是特危险？"别人总爱这么问。我通常的回答是："有危险，但没有您想象的那么危险。"作为一些人炫耀经历的地方，这是一个来了就百分百"被塔利班用枪指着头"的国家，说得好像塔利班人人都很闲，没事就会等在外国人常去购买旅游纪念品的"鸡场街"或新城区的公园附近，见到外国人就跑过去用枪指着头，心中数秒几十下再迅速跑开，消失在人海中一样。这种不负责任的夸大给新华社喀布尔分社的人都气得够呛:"简直没有底线。我们在这里常驻几年都没有碰上更没有听说过的事,怎么刚好全让他们碰上了?"

而相对于和平国家,阿富汗无疑是危险的,对于当地人,尤其当地的新闻工作者和少数派什叶派穆斯林更甚,比如我的朋友拉赫马特。我上一次离开阿富汗不久,即公历 2018 年 5 月 9 日,拉赫马特在朋友圈发了一条状态,配图是他的女儿阿米塔,惊恐的脸上全是泪水:

"人体炸弹刚刚袭击了我家所在的 13 区。现在袭击还在继续着。这是我年满一周岁的女儿阿米塔。她第一次听到爆炸声,不知道到底发生了什么,只是被吓坏了,大声地哭个不停。我的女儿,爸爸对不起你,我们生在了错误的地方。"

看到这条状态时,我倚着沙发,孬叔刚刚卸货,愉快地从猫砂盆里跳了出来,飞奔到我脚下伸着懒腰打滚儿。拉赫马特打下的一个个字母列队整齐,像一柄柄短剑瞄准着我的心挨个发射,一行行地读下去让人鼻子发酸,心里难过极了。

每次从阿富汗回来后的很长一段时间里,我都认为回到正常的生活是一种背叛。北京有不间断的电力,有电动门,有电梯。这儿的饭馆可以男女混坐,门口也没有荷枪实弹的保安。一天又一天,随着自我调整,这种感觉变得越来越淡,对生命的敬畏似乎逐渐变得没有在阿富汗时那么触动人,活着偶尔也成了一种虚度,而不再是对平静生活的感激。

和平,对于这个世界上绝大多数人而言,得到得多么轻易,这种轻易太想当然,无人感恩。多次前往阿富汗是我的选择,而对于大部分阿富汗人来说,他们无法离开家乡,根本没有这种选择的权利。很多阿富汗人选择发声,一次次地呼喊着请侵略者离开他们的家乡,让他们自己来处理自己的家事,可这种声音一直都被世界上的主流媒体选择性地忽略着。

罩袍,英国人称为波卡(Burka),阿富汗人叫它茶达里(Chardari),

这种长至脚踝，面部用网眼布料织成的蒙面长袍，是外界对阿富汗女性的刻板印象之一，虽然它是一种典型服饰，也并非所有女人都会穿它。

种种刻板印象就如一根根刺，牢牢地扎在罩袍上面。这布料有时遮挡的不仅是她们的生活，还有我们的双眼。

还好，对于别人描述的关于这个世界的话，我通常不会全信。毕竟说出口的、记录在纸上的都已经是一种观点，无论阐述的人声称他有多中立，因为中立毕竟也是相对的。角度决定态度。即便是报道事实，新闻也可以用字体的大小、词语上加的引号、图片的剪裁来表现该媒体的观点，而读者也在阅读的同时被这种观点潜移默化地影响着。

热扎伊，生于伊朗的阿富汗难民，她12岁的生日愿望是回到自己的祖国；

古尔赞婶婶，阿富汗游牧民族库奇人的后代，她的女儿们开办了山区里的广播电台，在男权社会中用温和巧妙的方式为女性发声；

瑞吉娜，曾被评为改变世界的100名女性之一，她在坎大哈，这个位于阿富汗南部保守地区、女性就业率全国排名垫底的地方，创办了当地第一家95%的员工都是女性的纺织刺绣公司，把"卡玛克"这种在战争中几近失传的民族工艺保存了下来。迄今为止，她共计帮助400余名坎大哈女人，让她们用自己的手艺养活了自己、孩子甚至公婆、叔嫂一大家子人。

……

书中的六个女人，从教中国武术的老师到年近半百依然做饼的妇人；从前任坎大哈市市长的女儿到普普通通的女大学生，她们出生在不同的省份，来自不同的民族，从事不同的职业，不同的肤色，不同的性格，阿富汗女人和我们一样，没有更高尚，也没有更卑微。

所以,《罩袍之刺》只是一个我尽量用平视的角度去记录阿富汗的容器,让大家可以选择另外一种角度来了解这里的女性。我愿这是一本真诚的书,书写时也随时提醒自己保持初心,对不经意带出的个人观点已尽力克制。

希望这是一本你会一直愿意放在书架上的书,也希望和平的一日快点来,让感兴趣的人可以亲眼去看看阿富汗。

愿这个世界遍地和平。

致　谢

感谢我的母亲，即使担心我，仍然坚定地支持我所有的选择。

感谢施公子，爱我、信任我、尊重我。

感谢 Rahmat，将瑞吉娜、鲁巴巴、古尔赞婶婶介绍给我，并在写书的过程中耐心地为我解答各种关于哈扎拉民俗的问题。

感谢迪巴，是你让我动了写这本书的念头。其他章节的主人公都是真名，但因当今阿富汗社会不允许自由恋爱，不得不对你的姓名、出生地等敏感信息做了一番修改。

感谢 Razari，你的真诚、你的清澈是阿富汗明天的希望。

感谢 Rangina，让我了解到卡玛克这种绝妙的刺绣工艺。

感谢其他三位主人公，谢谢你们的招待，允许我和你们共同生活。

感谢 D-Jaan 和她的父亲，特意为我将布兹卡谢的比赛提前了一天。

感谢在阿富汗帮助过我的小唐、戴贺、璇儿、还有我的阿富汗朋友或陌生人。

感谢安洋大师、春儿、陈炜、陈泓、大曼曼、大阿硕、东东枪、管子、郝非凡、捷哥、老未群、李涛、李小飞、李晓光、刘博非、马楠、Nemo、胖洪、秦孟、钱进、施琳、四万大叔、韦恩、王小蕊、王弈、小辉哥、谢元锟、晏礼中、遥远、张振、子珂（人名按姓氏字母排列）

以及在武馆那篇文章被人抄袭洗稿时，所有为我发声的人，你们的声音给我继续下去的力量。

感谢老谢、大潘潘及大超的引荐。

感谢蔡立国老师的美好排版。感谢我的责任编辑，尊重我和我的写作方式。

因为种种原因，出版这书的时间线拉得格外格外长，书里面很多人的生活都发生了变化，卡瓦利的娶了两个老婆的父亲去世了。瑞吉娜把家搬到了喀布尔，像她说的那样，成为了一所学校的校长。古尔赞婶婶女儿的广播站经营得特别好，她再也不用烤馕养家了，现在退休成为了一个快乐地享着清福的老太太。

感谢所有耐心等待《罩袍之刺》的人。